Un conte des années 60

James A Lee

Table des matières

Le vieux sentier indien

J'ai grandi sur le sable et dans les arbres du nord-ouest de l'Indiana. Nous vivions à environ cinq milles à vol d'oiseau de l'extrême pointe sud-est du lac Michigan, ou comme l'appelaient les Amérindiens, le lac Michi Gamy. Les vents canadiens ont soufflé du nord-ouest et l'humidité méchante du lac froid, déposant de grandes quantités d'humidité autour de notre maison. Nous avons eu de fortes pluies pendant la moitié de l'année et de la neige humide profonde pour l'autre moitié. Les vastes dunes de sable de la partie sud du grand lac s'étendaient sur plusieurskilomètres de la rive et ont été formées par un glacier massif à la fin de la dernière période glaciaire, il y a dix millénaires. L'ancienne forêt de feuillus s'élevait autour de marais sablonneux et de lits de ruisseaux.

Mes parents ont suivi ma grand-mère paternelle de Chicago au nord-ouest de l'Indiana. Elle avait épousé un riche propriétaire terrien, qui était le fils des premiers colons de cette région des territoires de l'Indiana. Il a cultivé des milliers d'acres de vergers de pêches etde pommiers qui s'étendaient dans les collines du Michigan. Quand j'avais cinq ans, mon père a construit une maison de style ranch avec son sous-sol profondément dans le sable non loin des vastes vergers. La forêt avait été défrichée de vingt acres, qui avaient été plantés de soja. La nouvelle maison était assise au milieu de cette cicatrice dans l'ancienne forêt. Le mur d'arbres de la forteresse qui nous entourait était brisé par une ouverture sombre qui avait été utilisée par les Amérindiens comme chemin entre le lac Michi Gamy et une clairière forestière de lakes dans ce qui est maintenant appelé la ville de La Porte; « la porte » hors de la forêt. Même si les Potawatomi avaient été nettoyés de cette terre, plus d'un siècle et quart auparavant, cet orifice arboricole restait à l'abri des sous-bois comme s'il attendait le retour de son ancienne gloire dans la vie des gens.

À partir du moment où mon frère aîné Tom et moi étions assez vieux pour nous aventurer dans les arbres; nous sommes devenus les captifs des esprits qui y habitaient. Notre vraie maison était dans les arbres et notre temps à l'école, à l'église et à la remorquenous a fait nous sentir étrangement étrangers.

Mon frère, Tom et moi avons quitté la maison tôt le matin pour être accueillis par notre chien de mélange australien, « Inch », qui a reçu le nom parce que mon petit frère, Jeff, ne pouvait pas dire « Prince ». C'était avant qu'elle ait des chiots, et elle aurait dû être nommée « Princesse » de toute façon. Inch remua tout son corps en saluant quand nous sortions dans l'air frais et humide. L'herbe rosée mouillait nos chaussures alors que nous traversions la pelouse envahie par la végétation et dans les arbustes par la porte arrière. Inch a conduit le way vers l'ouverture mystique dans les arbres. Nous avons brossé les pinceaux de la délicate dentelle de la reine Ann et avons fait en sorte que les gousses de l'asclépiade à tige épaisse libèrent leur coton blanc dans l'air. Un nuage ondulant de canaris dorés et noirs brillants nous ombragea un instant du soleil de cristal oriental alors qu'ils gazouillaient dans un refrain. L'ancien sentier indien s'est agrandi alors que nous nous frayions un chemin à travers de jeunes rangées de soja. La terre exposée a libéré un parfum piquant alors que nos chaussures laissaient leurs marques dans le limon humide.

Inch a resserré les rangs avec nous alors que nous approchions de l'ouverture. Elle regardait souvent en arrière pour s'assurer que nous étions proches derrière. Les noyers noirs ont pris de l'ampleur lorsque nous sommes entrés sous leurs branches tendues. La chair pourrie foncée qui recouvrait les nouvelles noix était brillanteet émettait une odeur nauséabonde lorsqu'on marchait dessus. Le goo couvrait nos semelles et collait sur les côtés de nos chaussures. Le sentier était beaucoup plus large qu'il n'y paraissait de loin. Les branches qui formaient la canopée arquée au-dessus du chemin étaient à vingt ou trente pieds au-dessus de nos têtes, et le soleil du matin commençait à s'atténuer. Il y avait du lierre à faible croissance et des fleurs blanches de trille à trois branches s'élevant au-dessus d'un épais tapis de feuilles en décomposition. Un parfum terreux piquant remplissait nos têtes et nos yeux s'ajustaient lentement à la lumière dimmante. Des étincelles de soleil scintillaient à travers les branches et les feuilles des gigantesques chênes et sycomores. Nous ne pouvions plus voir loin sur le chemin alors que nous descendions progressivement le revêtement de feuilles vers un marais. Contrairement à un marécage de boue gluante sombre commun à d'autres endroits, le sol sablonneux fournissait des zones humides d'eau cristalline remplie de mauves des marais oranges entourées de fougères avec de minuscules violettes sauvages à leur base. Nous avons toujours pris soin de chercher de l'eau de puits à travers le sable qui pourrait indiquer un sable rapide. Nous marchions tranquillement et parlions rarement. Notre petit chien brun et blanc aux cheveux longs marchait près de nous, soit pour nous protéger de dangers invisibles, soit par appréhension. Nous avons été alertés pour repérer la queue touffue à pointe blanche d'un renard insaisissable, ou l'ondulation de l'eau alors qu'un serpent trouvait refuge dans les quenouilles. Nous pouvions rarement nous faufiler dans une zone marécageuse sans que les grenouilles ne se taisent ou que les tortues peintes ne glissent de leurs bûches ensoleillées dans l'eau.

Les chênes et les noyers avaient généralement leurs premières branches carelles sont trop hautes du sol pour être de bons arbres à grimper. Nous avons également dû examiner la structure ramifiée afin qu'une fois que nous sommes montés, nous puissions trouver suffisamment de poignées de main et que nos jambes puissent atteindre entre les branches aux niveaux inférieurs. Au plus profond de l'ancien trail, nous avons observé un bois de fer massif avec son écorce grise lisse recouverte de tentacules côtelés qui se sont dilatés et ont couru dans le sol comme d'énormes doigts agrippant la terre. Nous nous sommes emparés des protubérances de bois, qui semblaient chaudes et vivantes dans nos mains, alors que nous nousapprochions soigneusement du tronc jusqu'aux premières branches horizontales immenses. Nous avons laissé nos chaussures à la base de l'arbre, gardées par Inch, parce que nous avions besoin de la dextérité de nos pieds plantés dans les indentations de l'écorce comme des mains maladroites pour faciliter notre ascension. Tom a trouvé le chemin ardu jusqu'au tronc, et j'ai suivi. Au fond de nous, nous avons réalisé que la descente serait beaucoup plus dangereuse, mais nous n'avions pas le temps d'y penser maintenant. Quand j'ai finalement levé la main autour de la première branche, Tom m'a aidé à monter dans un siège large et lisse contre le tronc de l'arbre.

J'ai repris mon souffle, j'ai baissé les yeux sur la tache de fourrure entre deux doigts de racine alors qu'elle regardait avec nostalgie.

J'ai senti la brise contre mon visage et j'ai enquêté sur les branches des arbres voisins. J'ai ensuite regardé au-dessus de ma tête jusqu'à la prochaine série de branches et j'ai senti mon estomac monter dans ma gorge avec le vertige. L'étape suivante ne serait pas facile. « J'aimerais que nous apportions une corde », ai-je dit doucement. « Oui », répondit Tom en levant également les yeux. Nous avons rarement parlé. Il était inutile de verbaliser l'évidence, et comme nous pensions le plus souvent la même chose, il y avait une petite raison de le faire. Parfois, l'un de nous disait quelque chose juste pour briser la quiétude pendant un moment.

Un cardinal a atterri sur une branche voisine et a commencé à nous parler. L'oiseau à crête rouge vif essayait de nous dire quelque chose; peut-être qu'il ne savait pas que nous n'étions que des enfants. J'ai écouté sa belle supplication. Je me suis dit : « Je suis désolé. Je ne peux pas m'en empêcher », alors que je regardais en arrière. « Qu'y a-t-il avec cet oiseau? Il al'air d'essayer de vous parler », a demandé Tom. « Je ne sais pas », ai-je répondu. Je me suis levé sur la branche massive et j'ai levé les yeux. Tom avait glissé autour du coffre, à l'abri des regards, et je l'ai entendu dire : « Je pense que j'ai trouvé un moyen. »

J'ai serré dans mes bras l'écorce lisse de bois de fer alors que j'atteignais mon pied autour de l'autre branche principale. Tom s'assit plus loin sur le membre pendant ses pieds et me désigna pour que je puisse voir. Le tronc s'est incliné progressivement vers l'extérieur de ce côté. La branche ci-dessus était légèrement plus proche au-dessus de la tête, mais toujours hors de portée. L'écorce lisse avait des côtes proéminentes qui fourniraient une prise ténue. J'ai attrapé le tronc avec les mains tendues et je suis monté aussi loin que je le pouvais. Tom a poussé sur mes pieds nus alors que j'agrippais l'arbre et montais plus haut. Quand Tom eut complètement étendu son arms et sur la pointe des pieds, je pouvais atteindre le membre supérieur. J'ai enroulé une main autour de la branche, puis finalement l'autre jusqu'à ce que je puisse tirer mon corps sur le dessus. Je me suis assis à la croûte de la branche et j'ai repris mon souffle. « Comment est la vue? » Demanda Tom en plaisantant.

La lumière du soleil dansait entre les branches et les feuilles chatoyantes. J'ai regardé entre les arbres et, au loin, j'ai pu voir une zone humide ensoleillée scintiller tranquillement. Les arbres voisins semblaient rayonner de vitalité lorsqu'ils étaient vus de l'intérieur. La laine de fer massivenous a acceptés dans son monde. « Ça va », ai-je appelé en regardant par-dessus le bord de la branche pour voir le corps de mon frère écorché à plat contre le tronc. Ses mains agrippaient les protubérances aboyées, et ses orteils trouvaient un pied dans les indentions concaves entreles côtes. Lentement, il s'est glissé dans l'arbre ressemblant à une grenouille avec ses bras, ses jambes, ses doigts et ses orteils étendus en étreinte sur le tronc massif. Finalement, il était assez proche pour que, alors que je m'allongeais sur le ventre de l'autre côté de la branche, j'ai tendu la main pour qu'il l'attrape. Prudemment, il libéra une main du tronc et serra mes doigts tendus. Il était bientôt assis à côté de moi.

J'ai trouvé un siège entre deux branches sur la branche et j'ai laissé mes jambes pendre haut au-dessus du sol recouvert de feuilles. Inch s'assit docilement au base du coffre en pente gardant nos chaussures et notre sortie. La branche se balançait doucement dans une brise douce qui remuait les feuilles plus haut, mais le sol de la forêt restait immobile. L'escalade serait plus facile maintenant parce que les branches étaient plus rapprochées et que lesre étaient des branches plus petites à saisir. Tom a déjà commencé à grimper lentement vers le prochain ensemble de branches principales. Il a toujours obéi à la règle des deux points. Soit vous aviez un pied et une main fixés sur deux branches, soit deux mains se serrent sur les branches pendant que les pieds dandinentou être en équilibre précaire sur deux pieds. Trois points d'attachement étaient meilleurs, mais généralement un luxe. Nous savions qu'en tant qu'enfants, nous avions une affinité instinctive pour grimper aux arbres. Les adultes ont perdu leur capacité innée à grimper et étaient pour toujours destinés à ne serendre sur terre que sur la terre. Nous avons réalisé même à ce moment-là que notre vie dans les arbres serait éphémère, et comme pour toutes les choses temporaires et connues pour l'être, l'expérience est plus intensément ressentie.

« Hé, c'est cool ici. Je peux voir la maison. Maman travaille ouraccroche le linge. Elle aurait une vache si elle savait où nous étions. Ha! Allez, m'appela-t-il les pieds nus suspendus au-dessus. J'ai suivi le même chemin qu'il avait emprunté de branche en branche autour du tronc jusqu'à ce que je grimpe sur un membre adjacent d'où il était assis. La brise était plus forte maintenant, et les branches avaient un plus grand balancement. C'était amusant de sentir l'arbre bouger rythmiquement d'avant en arrière. J'ai commencé à me sentir étourdi, et nous avions tous les deux des sourires incontrôlables sur nos visages. J'ai regardé à travers les lévespour voir maman accrocher des vêtements sur la corde à linge. Je pouvais presque l'entendre chanter pendant qu'elle travaillait. Maintenant, nous étions excités de grimper aussi haut que possible et de faire un tour sur les branches les plus hautes.

Les branches étaient plus petites et plus rapprochées au fur et à mesure que nous grimpions. Ironwood est un bois fort, et nous n'avions pas peur de casser les branches. Notre plus grande préoccupation était maintenant de trouver un endroit confortable pour s'asseoir lorsque nous nous sommes arrêtés sur notre ascension pour profiter de la vue. Nous sommes finalement arrivés sur la dernière série de branches principales et avons suspendu nos pieds au-dessus de ce qui semblait être à une centaine de pieds du sol. J'ai toujours trouvé curieux que la perspective de regarder vers le haut à une hauteur et de regarder vers le bas de la même hauteur puisse être si différente. Nous avons regardé les fermes et les champs, les routes et les ruisseaux. Les voitures et les gens,les maisons et les vaches avaient l'air minuscules. Nous n'étions plus de ce monde. Nous existions dans un royaume magique d'idées et d'imagination qui était déconnecté, pour le moment du moins, du banal.

« Accrochez-vous! » Tom a crié: « Les vents se lèvent! » Nous pouvions voir le vent onduler à travers les feuilles des autres arbres jusqu'à ce que nous le sentions sur nos visages, et l'arbre a commencé à se balancer. Nous avons ri en nous accrochant fermement et en nous déplaçant avec les branches supérieures d'avant en arrière. « C'était soigné! » Je me suis exclamé avec enthousiasme, un peu d'adrénaline encoredans mes veines. « C'était vraiment cool », a convenu Tom en reprenant son souffle. « Pensez-vous que nous devrions commencer maintenant

? », a-t-il ajouté avec désinvolture. « Je suppose que maman va bientôt déjeuner. Vous savez à quel point elle déteste ça quand nous sommes en retard », ai-je répondu tout aussi concrètement.

Avant de commencer à descendre, nous avons entendu un cri dans l'air au-dessus de nous. Certains corbeaux sont venus exprimer leur mécontentement face à notre intrusion sur leur territoire. Ils crièrent entre eux leurs sombres intentions, prirent quelques pas ses de bombes en piquéprès des branches auxquelles nous nous accrochions, et retournèrent vers un grand arbre mort pour rejoindre leurs compagnons maraudeurs. « Merde de corbeaux », recroquevillait Tom, se sentant vulnérable. « Regardez là- Il y a tout un meurtre de corbeaux! » Je me suis exclamé. Depuis que nous avons découvert qu'un gropde corbeaux était appelé un « meurtre », nous n'avons pas pu résister à le répéter chaque fois que l'occasion se présentait. « Il y a un grand meurtre de corbeaux! » Tom accepta avec enthousiasme. « Les fils de chiennes », a-t-il ajouté. « Euh oh, je pense qu'ils reviennent! » dit-il alors que nous descendions tous les deux les petites branches verticales. Nous avons entendu leurs cris triomphants au-dessus de nos têtes alors que nous descendions.

Un écureuil en colère bavardait alors que nous étions assis à pendre nos pieds des côtés du plus haut ensemble de branches principales. Il nous a réprimandés pour avoir envahi son tree; sa grosse queue rouge touffue s'est lentement déplacée vers le bas puis est apparue comme une exclamation pendant qu'il bavardait bruyamment. « Merde écureuil », grogna Tom en glissant le long du coffre, qui était assez petit pour que nous puissions faire le tour de nos bras. Nous nous sommes lentement frayé un chemin plus bas dans le grand arbre alors que le soleil se déplaçait plus haut. Nous sommes arrivés à la deuxième série de branches principales et avons regardé bien en dessous des premières branches. Tom m'avait aidé jusqu'à l'endroit où nous étions maintenant assis lorsque nous sommes montés il y a une heure.

« Je vais essayer de m'enfoncer dece côté-ci et j'espère arriver au sommet d'une branche. Une fois que j'aurai commencé, je ne pourrai plus m'arrêter », a réfléchi Tom. « Je vais essayer de vous guider d'ici », ai-je ajouté faiblement. Il a glissé sur le côté de la branche épaisse pendant que je lui tenais les mains, aussi longtemps que je le pouvais. Ses orteils se frottaientpour tout ce qui pouvait l'aider à le ralentir alors qu'il s'agrippait désespérément à l'écorce avec ses doigts. Son corps gisait à plat contre le tronc massif, même sa tête était tournée latéralement, alors qu'il glissait vers le bas. « Sous ton pied droit, vite! » J'ai crié désespérément. Il attrapa l'énorme branche sous son pied nu et se tira sur le dessus, s'assit, leva les yeux et dit: « Morceau de gâteau ». »

J'ai senti mon estomac monter dans ma gorge tandis que je m'allongeais sur le ventre sur le dessus de la large branche lisse. L'écorce était douceet chaude sur ma peau exposée. J'ai glissé prudemment sur le côté avec mes paumes à plat contre la branche. Mes orteils cherchaient les indentations nervurées où je pouvais obtenir une prise ténue. J'ai lâché prise avec un bras pour pouvoir attraper une saillie sur le tronc. J'ai commencé à glisser quand j'ai lâché l'autre main pour attraper le coffre. J'ai désespérément attrapé une poignée de main, mais il était trop tard; Je glissais. Je suis tombé jusqu'à ce que je sente une main sous un pied briser mon accélération. Je suis descendu au sommet de Tom et de l'immense ranch bsur lequel il était assis. « Morceau de tarte », m'exclamai-je en retrouvant mon calme. Un « morceau de tarte » est encore plus facile qu'un « morceau de gâteau »; c'est du moins ce que nous a dit notre cousin Johnny. « Tu deviens trop lourd », se plaignit Tom en se frottant la main. Jecommençais à être de plus en plus excité à mesure que nous nous rapprochions du sol. Elle a couru en rond en aboyant avec anticipation. Tom a décidé de faire la descente finale. Le tronc était incliné vers l'extérieur de l'endroit où nous étions assis, et les côtes étaient plus prononcées. Tom glissa adroitly de la branche, attrapa les protubérances avec les deux mains et l'araignée descendit le long du tronc. Il se tenait silencieusement à la base en attendant que je suive.

Mes mains et mes pieds étaient douloureux à ce moment-là, et ça faisait mal de m'agripper à l'écorce. J'ai suivi l'exemple de Toms, mais à peu près à mi-chemin, j'ai perdu mon emprise et j'ai commencé à tomber loin du coffre. J'ai rapidement décidé de pousser avec mes pieds pour dégager les racines qui s'étendaient à la base. Je suis tombé en arrière et j'ai atterri sur un matelas feuillu, mais j'ai frappé assez fort sur le dos pour que cela me fasse tomber le vent. Pendant quelques moments terrifiants, je ne pouvais pas respirer. Finalement, après ce qui semblait être un éon, je respire l'air frais et doux dans mes poumons. Inch en a profité pour me lécher le visage. J'ai levé les yeux vers les visages inquietsde Tom et Jeff. « Qu'est-ce que tu fais ici? » Je me suis renseigné auprès de Jeff. « Maman m'a dit que je pouvais venir jouer avec toi. Qu'est-ce que tu fais'? » Demanda Jeff. « Rien et tu ferais mieux de ne pas le dire à maman! » J'ai menacé. « Je ne le ferai pas. Je suis doué pour garder des secrets! » sourit-il. Tom et moi avons roulé des yeux l'un vers l'autre. Jeff avait quatre ans de moins que moi et il n'avait pas encore commencé l'école. Tom n'avait que deux ans de plus que moi, donc nous avions été plus proches alors que Jeff avait passé la plupart de son temps notre mère. C'était le garçon d'une maman. Il avait aussi une nature trèshest, et par conséquent, on ne pouvait pas lui faire entièrement confiance pour garder nos secrets. « Alors jurez! » J'ai demandé. Je crache sur ma main et la pousse vers Jeff. Il ressentait une immense fierté lorsqu'on lui demandait de faire une promesse aussi solennelle. « Je le jure », répondit-il, essaya de cracher sur sa main, manqua, puis réessaya avec succès. J'ai serré nos mains bâclées ensemble pour sceller le serment. « Qu'est-ce que je jure, Jimmy ? » demanda-t-il timidement. « Que tu ne diras pas à maman non! » J'ai répondu sèchement. « D'accord, » répondit-il, satisfait. « Let cherche des pointes de flèche », a-t-il ajouté. « Le premier à trouver une pointe de flèche est le gagnant! » S'exclama Tom avec autorité.

Sur ce, nous sommes retournés à l'ancienne clairière de l'Indian Trail. Nous avons tous commencé à creuser à travers les feuilles jusqu'au sol en dessous et à utilisernos pieds pour gratter sous la surface. Inch nous a regardés et a commencé à creuser des trous autour de nous. Jeff est allé aider Inch. Après un temps silencieux de recherche diligente, j'ai vu Tom laisser tomber quelque chose derrière Jeff. Après quelques instants, nous avons entendu Jeff crier: « J'en aifou nd un! J'en ai trouvé un! » puis après un moment de contemplation, il a ajouté: « Je suis le gagnant! » Tom s'occupait de Jeff. Je n'ai pas toujours été aussi gentille. Tom est allé à l'endroit où Jeff se tenait rebondissant de haut en bas avec excitation. « C'est une belle chose », a-t-il déclaré après avoir étudié le morceau de silex ébréché.

Nous nous sommes tous rassemblés autour de l'endroit où Jeff tenait le prix dans sa petite main. La pointe et les bords de la roche artisanale étaient aussi tranchants que le jour de sa création. La surface lisse et vitreuse des roches gris verdâtre scintillait si elle était maintenue sous une lueur de soleil qui transparaissait la canopée dense. Nous avons admiré l'objet sacré dans un silence révérencieux pendant quelques instants intemporels. J'ai levé les yeux comme d'une transe brisée. Tom avait la tête tournée sur son épaule et regardait derrière lui. J'avais l'impression qu'uneforce invisible nous regardait. J'ai regardé derrière moi. Un nuage avait recouvert le soleil et l'obscurité enveloppait la clairière. J'ai entendu un rat-a-tat pic résonner d'un endroit invisible dans la forêt. Un gland est tombé de haut au-dessus de nous et a atterri à quelques mètres de l'endroit où nous nous tenions. Je me suis rapidement demandé si un écureuil avait essayé de le laisser tomber sur nous, comme ils étaient connus pour le faire. Entre les sons que nous avons entendus, le silence s'est épaissi.

« Pourquoi fait-il si sombre? » Demanda Jeff, ses yeux commençant à couler. « J'ai peur », avec cela il a jeté la pointe de flèche sur les feuilles et a commencé à courir. Inch a crié et a suivi. Tom et moi nous sommes regardés et avons commencé à courir vers l'ouverture lointaine dans les arbres. Jeff était déjà loin devant alors que nous courions à travers la clairière verdoyante. Il semblait que nous étions suivis; bientôt j'ai senti que mes pieds ne touchaient plus le sol. Je courais à grande vitesse dans les airs, stimulé par la peur qui s'était installée dans mes membres. L'ouverture se profilait plus grande alors que nous courions inlassablement hors de la forêt interdite. Lorsque nous avons atteint le portail, nous avons regardé devant nous pour voir que Jeff avait ralenti jusqu'à un trot à travers le champ de soja ensoleillé accompagné d'Inch. « Je n'avais pas peur. J'essayais juste de rattraper Jeff », a fait remarquer Tom. « Moi non plus », ai-je répondu avec désinvolture pendant que nous marchions à travers le champ. « Mais nous ferions mieux de rattraper Jeff avant qu'il ne parle à maman. » Tom hocha la tête avec inquiétude. Nous sommes retournés au trot.

Nous avons entendu maman appeler alors que nous traversions le champ, « Tommy, Jimmy, Jeffey, c'est l'heure du déjeuner! » Nous sommes arrivés à la porte du back juste à temps pour entendre Jeff déclarer fièrement: « Maman, Tommy et Jimmy n'ont rien fait! » Tom et moi nous sommes regardés l'un l'autre ' euh oh'. Nous sommes montés peut-être un peu trop avec désinvolture. Maman se tenait avec son tablier bien usé couvrant sa robe de maison et regardait us avec méfiance. « Vous êtes tous les deux un spectacle! Qu'avez-vous fait jusqu'à présent? Est-ce que c'est de la sève d'arbre sous toute cette poussière? Tu sais que je ne peux pas sortir ça de tes vêtements. Eh bien, allez vous laver. Il y a des sandwichs sur la table. Versez-vous du lait. Mom ne pouvait pas vraiment se fâcher contre nous. C'était à peu près autant de réprimandes que nous n'en avons jamais eu. Elle savait que nous étions devenus aussi sauvages que des nymphes des bois. Elle était un Tom-boy quand elle était jeune, et nous soupçonnions qu'elle grimpait sur sa part d'arbres quand elle vivait dans l'orphelinat luthérien N orwegian à Chicago. Elle était notre meilleure amie. Nous nous sommes assis affamés à la table de la cuisine. L'odeur des sandwichs au thon nous a fait saliver. Nous avons commencé à avaler notre nourriture. Jeff s'assit à l'habile à jouer avec son petit plastique vert armes hommes sur la table, s'arrêtant de temps en temps pour prendre une bouchée de son sandwich. Nous avions tous oublié notre moment de terreur sur l'ancien Indian Trail.

Maman est entrée et a fait remarquer : « Je veux que vous tondiez tous les deux la pelouse avant que votre père ne rentre à la maison. » Tom et moi nous sommes regardés. Nous pensions tous les deux à la grande tondeuse à gazon « grave ». Il avait une lame rotative basse et couverte dépassant à l'avant avec le moteur positionné au centre sur deux grandes roues en caoutchouc. Il y avait deux poignées qui montaient à l'arrière avecl'embrayage et les leviers de frein attachés. Le moteur a été démarré péniblement avec une corde enroulée autour d'une saillie sur le côté du moteur. Une fois démarré, le moteur a pulvérisé et éclaté émettant une fumée noire grise par intermittence dans le temps avec lacuisson du cylindre. Il tremblait et tremblait, faisant vibrer vigoureusement les poignées. La machine pulsée tirait vers l'avant à travers tout ce qui pourrait se trouver sur son chemin lorsqu'elle était mise en vitesse. Nous devions nous accrocher fermement dans les virages, sinon nous pouvions être jetés surles poignées car cela nous tirait rapidement. Nous nous sommes regardés de l'autre côté de la table. Nous savions tous les deux que le premier à finir sortirait, commencerait le « gravement », et l'autre devrait attendre de prendre son tour pour le courir. J'ai regardé Tom de l'autre côté de la table, j'ai plissé les yeux et j'ai commencé à manger plus vite.

Le voyage

Le moment est venu où maman et papa ne s'entendaient plus. Nous n'avions pas beaucoup vu papa depuis quelques mois et nous avons découvert plus tard qu'il avait une autre femme en ville. Maman avait exigé que papa la laisse conduire, alors elle lui a acheté une vieille jeep Willies qui était si décrépite que le volant devait tourner au moins un quart de tour pour s'engager dans un sens ou dans l'autre. Maman a donc appris à conduire un bâton et à déplacer rapidement le volant d'avant en arrière juste pour rester sur la route. Même après avoir acheté un nouveau break Chevrolet II, elle déplaçait toujours le volant d'avant en arrière par habitude.

Maman nous avait confié à nous les enfants que nous partirions après la sortie de l'école pour l'été. Nous ne pouvions pas le dire à papa, mais nous l'avons rarement vu de toute façon. Pendant les derniers jours de l'année, j'ai dit au revoir à tous mes amis. L'école du canton de Galena était un petit bâtimenten briques avec les salles de classe le long du périmètre du terrain de basket-ball et la scène à une extrémité. Les salles de classe avaient chacune une photo de Washington et Lincoln sur le mur avant. Il était assis sur dix acres ou plus d'herbe tondue avec une colline à une extrémité que nous avions l'habitude de descendre en traîneau en hiver. Au printemps, nous avons joué aux billes avec les yeux de chat, les cristaux et les steelies. L'énorme balançoire avec ses chaînes métalliques et ses sièges en fibre que nous volions au sommet si un professeur ne regardait pas me manquerait. Et Martha me manquerait, une fille aux cheveux blond platine étroitement bouclés sur la tête, bien que je n'aie jamais eu le courage de lui parler.

Nous avions emballé nos vêtements dans des sacs poubelles la nuit précédente et, au début, les amis de maman ont commencé à charger le U Haul et lewagon de sta tion. La voiture et la remorque étaient assises sur l'allée de terre avec les points bas remplis d'eau de la pluie de la nuit dernière. Il faudrait beaucoup de temps avant que je puisse sentir à nouveau le doux parfum piquant. Au fur et à mesure que la matinée avançait, les gens venaient et achetaient tout ce que maman pouvait vendre pour le voyage. Elle a même vendu le précieux piano à queue Baby de papa pour une somme dérisoire. La journée a continué et nous avons dit au revoir à Inch et nous étions partis.

Maman a essayé de rester de bonne humeur, mais la réalité de transporter une charge aussi lourde a attiré toute son attention. Comptetenu du poids de la remorque, les roues avant étaient légères. Les premiers kilomètres ont senti la voiture faire des embardées d'avant en arrière de manière troublante. Elle a fini par le contrôler, et nous avons rarement dépassé 45 mph pendant tout le voyage. Maman était déterminée à en faire des vacances pour nous. Mon frère aîné et ma sœur étaient silencieux, mais mon frère cadet, Jeff, a commencé son refrain, « Combien plus loin? » « Nous avons encore du chemin à faire chérie », a répondu maman. Jeff était assis entre Tom et moi sur la banquette arrière. Nous avions pris tous nos oreillers etles avions rembourrés autour de nous et entre nous. Les kilomètres défilaient, alors nous avons joué à des jeux pour passer le temps. Qui pourrait compter le plus de voitures de différents États, combien de voitures de police pourriez-vous voir, et la marque et l'année des voitures sur la route? Nous étions sur la route 66 après avoirtraversé Chicago en direction du sud-ouest. Nous nous sommes arrêtés pour voir la grotte Mammoth dans le Kentucky. Nous avons séjourné dans des motels bon marché et étions fatigués de la route au moment où nous avons vu le cratère Meteor en Arizona. Nous avons traversé le désert peint puis sommes entrés dans l'incroyablementchaud Needles California. La voiture n'avait pas de climatisation, alors maman a acheté une unité d'évaporation qui pend par une fenêtre enroulée. Après une nuit blanche, nous sommes arrivés à Los Angeles tard le lendemain.

Oncle Ralph vivait à San Fernando. Son fils avait à peu près l'âge de ma sœur, Pam. Il avait deux sœurs aînées qui étaient toutes les deux énormes comme la femme de Ralph. Ralph était un poil foncé et un poteau de haricot chauve. Nous avons passé les semaines suivantes à nager dans leur piscine et nous avons passé un bon vieux temps. Maman a rapidement trouvé un emploi, nous avons emménagé dans une petite maison à San Fernando. Les écoles ont été un choc culturel pour nous tous et nous avons joué avec les enfants mexicains du quartier. Après environ un an, maman a rencontré Roy, s'est mariée et nous avons déménagé à Granada Hills. Je suis diplômé du lycée surpeuplé et j'ai reçu une bourse d'État à l'Université de Californie à Santa Barbera.

Île Vista

À l'automne 70, après avoir obtenu mon diplôme d'études secondaires, j'ai quitté la maison pour commencer l'école à l'UC Santa Barbara. UCSB se trouve dans la petite communauté de plage d'Isla Vista, qui est uneco-agglomération d'immeubles d'appartements bon marché entourant une petite zone commerciale de cafés hippies et de boutiques d'artisanat. Comme le quartier de Haight Asbury à San Francisco, Isla Vista était un épicentre de la contre-culture. Il y avait eu des émeutes anti-guerre ici l'annéeprécédente; un air d'insurrection imprégnait le village. J'avais dix-sept ans et je n'avais jamais été loin de chez moi.

J'ai emménagé dans un grand immeuble en stuc de trois étages qui avait une cour caverneuse en béton et une piscine. Les portes de l'appartement s'étendaientsur des allées à l'intérieur de la structure donnant sur le quad qui tremblait lorsqu'il était traversé.

Steve était un petit Juif avec une barbe noire touffue et des yeux rieurs. Comme moi, il venait de Los Angeles, mais il venait du riche West Side, qui est un monde loin de la vallée de San Fernando que j'appelais chez moi. Il a dit à son père qu'il allait être un major anglais et vivait dans la peur constante de la découverte qu'il voulait être sociologue. Comme le reste d'entre nous, il voulait changer le monde, et il croyait qu'il le pouvait. Il conduisait un vieux bug Volkswagen et avait l'air parfaitement à l'aise dedans.

Denny avait les cheveux sablonneux et était puissamment construit. Il avait des yeux perçants profonds. Ses sourcils touffus se rencontrèrent sur son nez. Bien qu'il fût rasé de près, il avait une barbe lourde et un corps particulièrement poilu. Il venait de Concord, en Californie. Comme il était venu à l'appartement en premier, il a exigé que nous obéissions à ses règles. Nous l'avons rarement vu au début; il restait dans sa chambre la plupart du temps. Steve et moi étions assis dans lasalle avant le début du semestre. Denny s'est précipité hors de sa chambre, s'est tenu devant nous avec un sourire concentré et tendu. « J'ai mis de la nourriture dans le réfrigérateur. C'est à moi. Je ne veux pas que quelqu'un y touche », s'est-il exclamé. Ily est allé avec son regard fixé sur nous. Steve et moi nous sommes regardés.

« OK », nous avons tous les deux dit en le regardant avec incrédulité. Il nous regarda en arrière , se sourit à lui-même, retourna dans sa chambre et ferma la porte. Ce schéma s'est répété au coursdes deux semaines de l'aile follo. Denny sortait de sa chambre, nous demandait quelque chose, souriait en sachant et retournait dans son sanctuaire. Un jour, Denny sortit de sa chambre; son corps nu velu était ponctué d'une érection pénienne. Il se tenait devant nous avccun sourire grotesque . Après quelques moments extrêmement gênants, il se précipita dans sa chambre.

Steve, qui était l'une des personnes les plus faciles à vivre, tolérantes et à la voix douce que j'aie jamais connues, m'a regardé et s'est exclamé: « Fuck this. » Nous sommes descendus au bureau, avons demandé un autre appartement et avons déménagé dans un appartement au troisième étage le lendemain. Peu de temps après, nous avons appris que Denny avait été vu en train de courir dans la rue en hurlant et avait été emmené à l'établissement psychiatrique d'État de Camarillo. Nous avions tous lules livres de Carlos Castaneda sur Don Juan le sorcier amérindien du nord du Mexique. Castaneda était un étudiant diplômé de l'UCLA qui a fait sa thèse en s'engageant lui-même auprès de Don Juan. Don Juan a administré diverses drogues hallucinogènes indigènes à Castaneda afin qu'il puisse atteindre d'autres états conscients. Nous avons pensé que Denny aurait pu expérimenter avec une drogue psychédélique. C'est la dernière fois que nous avons entendu parler de lui.

Frank a emménagé dans la chambre avant quelques jours plus tard. Il était d'ascendance japonaise. Il avait des cheveux noirs raides jusqu'aux épaules et un visage propre. Il portait un jean en jean à fond de cloche avec une ceinture en tissu crochetée qui tombait à genoux sur son cadre dégingandé. Il a reçu une bourse de gymnastique pour fréquenter l'UCSB. Il avait puissamment construit des bras et des épaules qui étaient en même temps asiatiques maigres. Quand il souriait, c'était soit parce qu'il était heureux, soit parce qu'il ne l'était pas. Il était sage de pouvoir faire la distinction entre un sourire joyeux et un sourire malveillant. Comme moi, il parlait rarement. Nous sommes rapidement devenus amis. La vie familiale de Franks était quelque peu différente de celle du reste d'entre nous. Alors que nos parents avaient grandi dans la pauvreté et le désespoir de la grande dépression et avaient ensuite été jetés dans la seconde Grande Guerre, les parents Franks s'étaient vu confisquer tous leurs biens et avaient ensuite été incarcérés dans un camp de concentration au cours de la première moitié des années 1940. L'injustice était encore plus aiguë pour le père de Frank parce qu'il avaitdétruit une grande ferme de camions dans la partie nord de la vallée centrale et qu'il avait tout perdu. Le gouffre entre beaucoup d'entre nous et nos parents était profond. Leur conservatisme fasciste s'est heurté à notre nouveau libéralisme. Leur obéissance aveugle à l'autorité a déclenché lacolère contre notre opposition à la guerre et la méfiance à l'égard du gouvernement. Les parents de Franks étaient également profondément méfiants à l'égard de l'autorité gouvernementale. De cette façon, Frank et son père ont maintenu une proximité que nous avions perdue avec la nôtre. Cependant, la consommation de drogues est restée unecontroverse non négligeable.

Entre les cours, Frank et moi avons commencé à traîner sur la plage optionnelle d'Isla Vista. Nous avons beaucoup aimé regarder les coeds décomplexés bronzer, promener leurs chiens ou jouer au frisbee sur le sable. Nous fumions généralement trop de pot et nous faisionsdes études, ce qui était bien sûr l'intention. La plage avait des globes de goudron sur le sable et dans l'eau. Nous avons blâmé les compagnies pétrolières insidieuses alors que nous regardions les plates-formes de forage au loin au-dessus de l'eau bleue scintillante. J'ai appris beaucoup plus tard que le goo noir qui s'est mis sur nos pieds avait tourmenté les Chumash pendant des siècles.

Nous avons également fréquenté un petit café dans le quartier des affaires . Les serveuses portaient des vêtements amples qui coulaient alors qu'elles se déplaçaient gracieusement de table en table. Ils ont tous eule même sourire rêveur qui vous regardait pendant qu'ils parlaient. Leurs cheveux étaient longs et droits ou tressés, et ils ne portaient jamais de maquillage ou de soutien-gorge. Leurs jambes étaient douces et poilues. L'odeur séduisante du patchouli dérivait dans l'air.

Nous entendonsparler de l'insurrection de l'année écoulée. Chacun était impatient de raconter son acte lors de l'événement, qui devenait déjà l'objet de la tradition locale. Les cours ont été boycottés et la colère s'est concentrée sur le bâtiment de la Bank of America à Isla Vista. Il y avait une connaissance acceptée que la Bank of America et l'Église catholique ont en quelque sorte joué un rôle déterminant dans la guerre en Asie du Sud-Est. La succursale d'Isla Vista avait été bombardée à plusieurs reprises avant même les émeutes. Nous avons continué à entendre des explosions dans la nuit oùj'ai assisté à l'UCSB. La banque avait été reconstruite ressemblant à une forteresse de briques avec des murs sans fenêtre en pente avec une porte voûtée. Des restes explosifs carbonisés ont décoloré la brique.

Les troubles étaient généralement pacifiques, à l'exception de la fenêtre brisée occasionnellejusqu'à ce que le shérif de Santa Barbara décide d'appeler le service de police de Los Angeles en renfort. Lorsque le LAPD est arrivé dans des bus, les étudiants se sont rassemblés en masse en face d'eux. La police a rangé les bus et s'est alignée équipée d'un équipement anti-émeute. Les étudiants ont chargé et la police s'est dispersée. Cette débâcle a tellement irrité le LAPD qu'après cela, leur violence a été aveugle. Les élèves ont réagi en se regroupant et en se battant avec des projectiles lancés. La guerre a duré quelques jours jusqu'à ce que le LAPD se retire. Nous avons entendu beaucoup d'histoires de guerre urbaine qui semblaient grandir avec le récit.

Un après-midi après le cours, nous nous sommes assis en buvant du café. Un Latino de petite taille qui portait un jean et un bandeau de mouchoir rouge s'est promené vers nous. « Hé, vous les gars, je vous ai vus assis ici. Je suis Carlos, ça me dérange si je te rejoins? » demanda-t-il en soulevant une chaise. « Ok », avons-nous répondu. « Je peux dire que vous êtes branchés à toutes les conneries. Nous devons faire quelque chose contre ce putain de gouvernement et cette putain de guerre. » « Oui », nous avons convenu. « Je peux vous dire, je les ai cloués putain de cochons quand ils nous ont envahis l'année dernière. J'ai dirigé un groupe qui a vraiment baisé avec les salauds. Nous sommes montés sur les toits et les avons bombardés de pierres. Je voulais faire des cocktails Molotov, mais les autres chattes ne me laissaient pas faire. Mec, j'aurais vraiment aimé voir ces cochons brûler. » il parlait avec une colère croissante. Nous avons regardé Carlos avec intérêt. « Nous devons arrêter ce putain de Nixon. Nous avons dû le faire tomber. Fuck cette putain de guerre. Vous avez été impliqués dans une action? Je peux dire que vous êtes du genre à agir. « Frank sourit d'un sourire nerveux.

J'avais eu un rêve récurrent. J'étais quelque part dans la jungle tenant un M16. Un officier de l'armée me pressait d'attaquer une unité Vietcong qui tirait sur nous. J'étais confronté à la décision d'attaquer ou de tuer l'officier de l'armée. Je me suis alors réveillé en sueur. Je savais que je ne pouvais pas me permettre de me retrouver dans cette situation. J'aurais dix-huit ans l'année suivante. La loterie aurait lieu en janvier. Si le nombre de mes naissancesétait cent ou moins, je serais repêché. Je savais que je devais déménager au Canada, et cela m'a fait peur à mort.

Tout ce que je pouvais faire pour mettre fin à la guerre en valait la peine.

« Oui », j'ai accepté. « Mais nous avons raté l'action. Bien sûr, j'aimerais être ici. « Je peux dire quevous auriez été en première ligne. Je peux le dire simplement en vous regardant. J'aurais pu vous utiliser les gars contre eux putain d'envahisseurs de cochons », dit-il en se penchant pour nous regarder dans les yeux. Carlos s'intéressait à l'endroit où nous allions et à ce que nous faisions. Il se présentait pour nous rencontrer, et il avait toujours du bon pot à fumer. Nous avons commencé à l'accompagner aux différentes manifestations anti-guerre qui se tenaient régulièrement. La plupart étaient de petits groupes d'habitués qui se sont réunis pour entendre un orateur local parler de l'invasion du Cambodge. Cela a été reconnu comme la question qui forcerait le Congrès à défier Nixon. L'invasion avait été gardée secrète, même du Congrès qui l'avait interdite. Carlos portait toujours quelques oranges dans sa poche au cas où les cochons se montreraient. Le shérif de Santa Barbara était devenu sage et était resté clair sauf en cas d'absolue nécessité. Même lors des petits rassemblements, il y avait généralement quelques hommes de J. Edgar Hoover visibles. Ils se démarquaient avec leurs cheveux coupés serrés, leurs coupe-vent foncés et leurs lunettes de soleil. Toujours à deux, ils n'ont fait aucune tentative pour se fondre dans la masse. Leur présence était clairement une tentative d'intimidation. Les yeux invisibles qui se fixaient sur moi derrière des lunettes noires provoquaient des frissons vertébraux.

« Un, deux, trois, quatre. Nous ne voulons pas de votre putainde guerre! » Nous avons scandé vers le podium le leader aux cheveux longs avec la corne de bœuf.

« Ho Ho Ho Chi Min. La NFL va gagner! » nous avons crié à l'unisson. Le tempérament de la foule s'est élevé jusqu'à ce que nous commencions à marcher sur le campus en masse en criant notre incantatio anti-guerrens. La foule grandissait au fur et à mesure que nous marchions, et les chants montaient à la hauteur du staccato. Frank marchait bras dessus bras dessous avec un joli marcheur. Les rallyes étaient un endroit idéal pour ramasser des poussins. Il m'a fait signe avec ses yeux et un sourire espiègle et jubilatoire de le rejoindre. Elle devait avoir une petite amie qui avait besoin d'un soutien idéologique. Nous avons abandonné Carlos qui était occupé à essayer de transformer la marche en mêlée. Nous avons ensuite accompagné nos nouveaux amis dans leur appartement pour fumer de l'herbe et discuter de politique. Ce n'était qu'un autre jour où studying a été relégué au statut secondaire.

Carlos nous a présenté un Africain de Côte d'Ivoire nommé Ga. Il était mince, très noir, avec des yeux brun boue dans des blancs jaune pâle. C'était un communiste dévoué qui avait une grande affiche de Mao Tso Tung sur le mur. Ilportait fréquemment un chapeau court à bords de style chinois avec une étoile rouge sur le devant. Il avait de la marijuana qui était plus forte que tout ce qui était disponible. Il a également distribué du haschisch. Il nous tolérait et nous donnait de la fumée parce que nous étions de jeunes militants. Il a étudié nos mouvementset nos intentions avec un calcul froid .

Sa petite amie qui vivait avec lui était une fille blanche aux cheveux foncés et tranquille. Ga la traitait comme s'il était toujours en colère contre elle. Elle l'attendait comme s'il était un prince, et peut-être que dans son propre pays, il l'était. Cela nous rendait incommodablesde voir une femme traitée avec dérision, mais nous donnait un aperçu de la réalité dans d'autres parties du monde. Elle le craignait. Carlos nous avait dit avec admiration que Ga avait un AK-47 entièrement automatique. Ga souriait rarement; c'était un homme dangereux .

Nous nous sommes tournés vers les cours de sciences politiques et de sociologie . Beaucoup de professeurs étaient aussi radicaux que les étudiants. Ils ont renforcé notre idéologie anti-establishment . On nous a dit de considérer nos enseignements civiques et d'histoire au lycée comme un peu plus depropagande. Nous avions besoin de réapprendre nos idées de base de la réalité politique. La constitution était devenue un embarras pour l'élite dirigeante et ses laquais militaires et était rarement discutée dans les écoles publiques autrement que dans les termes les plus généraux. La constitution et les pères fondateurs étaient plus révolutionnaires que tout ce que nous avions imaginé. En tant que nation, nous avions finalement bouclé la boucle et étions devenus comme les Britanniques protégeant leur empire contre les forces de l'anarchie.

J'empruntais un MGA '59 au mari de ma sœur Pam qui était à 'Nam avec l'unité CID des armées. Le CID était un groupe de renseignement de la police militaire. Ils se sont retrouvés à combattre les deux armées. Fragging était devenu monnaie courante alors que la guerre s'éternisait. Les hommes enrôlés ciblaient les officiers s'ils essayaient de les forcer à se battre. La police militaire serait également éliminée si elle devenait une menace. Bill était rentré chez lui en congé quelques semaines auparavant. Je l'ai emmené faire un tour dans sa MG alors qu'il était en ville. Le MG est petit; vous glissez dans le smanger avec vos pieds dans un long compartiment étroit devant vous. Bill était un grand gars, mais quand une voiture s'est retournée contre lui, il a réussi à coincer tout son corps dans cette petite cabine sous le tableau de bord. Ma sœur vivait avec ses parents pour qu'ils puissent garder un œil sur elle. Quand il rentrait chez lui en congé, il l'accusait parfois d'être infidèle et la battait.

Le week-end, Frank et moi conduisions souvent la centaine de kilomètres jusqu'à Los Angeles dans la MG. J'avais une petite amie, Rachel, qui vivait dans les collines de Grenade. Elle avaitseize ans, de longs cheveux blonds raides, des yeux bleus et un corps voluptueux. Elle aimait le sexe. J'étais sûr qu'elle aurait des enfants jeunes. Je voulais m'assurer que je n'allais pas être le papa, mais je ne pouvais pas résister à son attrait. Elle m'a envoyé deslettres parfumées de couleur pastel et de secrets et de désirs de jeunes filles. Elle était l'une des seules choses auxquelles je pouvais m'accrocher.

Nous avons quitté Goleta le matin nichés dans les petits sièges en cuir rouge avec le haut vers le bas. Le ronronnement du petit quatre cylindres et la douceur des roues métalliques sur la chaussée le long de la côte étaient le nirvana. Nous avons traversé les feux stop de Santa Barbara sur l'autoroute 101 avec la lumière du soleil scintillant sur les voiliers qui se balancent dans le port. Après avoir partagé un joint, Frank a commencé à souffler son harmo nica blues, jouant une mélodie de train de conduite qui éclatait parfois en solo, puis revenait au rythme hypnotique. Il a joué à travers les collines pinées de Montecito où les demeures isolées des très riches étaient cachées. Nous avons longé le rivage de Mussel Shoals sur la droite et Cliffside sur la gauche où les maisons étaient assises précairement au pied d'une falaise de mille pieds. Nous sommes passés par les immenses serres d'orchidées de Carpinteria et sommes entrés dans Ventura. Le soleil du matin s'est réchauffé et a léché les fraises à l'extérieur d'Oxnard. Frank devenait périodiquement silencieux alors que nous regardions les kilomètres dériver à travers la brume côtière. Quand nous sommes passés par Camarillo, je me suis demandé si Denny était toujours dans l'établissement psychiatrique là-bas. Un sentiment de culpabilité s'est glissé dans mon estomac pour déserterlui. Après environ une heure, nous avons traversé Thousand Oaks et Calabasas et sommes descendus dans les couches de smog gris jaune de la vallée de San Fernando. La circulation s'est emballée autour de la petite voiture de sport noire jusqu'à ce que nous nous sentions engloutis par les grandes machines sans visage qui se positionnaient les unes contre les autres et nous pressaient de tous les côtés.

Nous nous sommes arrêtés à la maison de style ranch de banlieue parfaitement entretenue de Rachel dans un quartier impeccablement taillé. Nous avons écouté son père, qui travaillait pour IBM, donner sa conférence bienveillantesur nos opinions politiques mal orientées . Le frère aîné de Rachel nous a fait savoir qu'il nous considérait comme des poulets américains. Il avait hâte de rejoindre les marines. Nous avons tous les deux souri et nous avions hâte qu'il nous rejoigne non plus.

Rachel était assise sur la console centraleentre nous. Sa mini-jupe et son chemisier élastique serré nous ont perpétuellement excités. Nous nous sommes arrêtés et avons pris son amie Sheila, une fille juive intensément mignonne de Northridge. Elle avait un sourire contagieux et des yeux verts brillants. Comme beaucoup de femmes juives, leur beauté époustouflante en tant que filles démentait leur nature de lionne en tant que femmes. Sheila s'est assise sur les genoux de Franks alors que nous nous dirigions à travers la vallée vers Topanga Canyon. J'ai fait un arc de cercle avec la MG dans un sens, puis l'autre en changeant de vitesse avec ma main entre les jambes de Rachel sur le changement devitesse. À mi-chemin de l'enclave hippie de Topanga, nous avons tourné en montée sur la route du canyon du thon, une route à voie unique extrêmement sinueuse qui a fait que nos corps ont été pressés les uns contre les autres alors que je changeais de vitesse et que je travaillais l'embrayage et l'essence rapidement. Ma main massal'intérieur des cuisses de Rachel alors que je me déplaçais vers le haut et vers le bas autour des virages serrés. Nous sommes finalement arrivés à Pacific Coast Highway face rouge et en riant.

Nous avons longé la côte fraîche de Malibu vers le nord jusqu'à la plage de Zuma . À l'extrémité sud de Zuma se trouve une montagne de basalte rouge que nous avons escaladée et descendue sur une petite plage que nous avons appelée crique des pirates. Nous nous sommes attardés un moment au sommet de l'affleurement, tendant nos yeux dans l'eau scintillante à la recherche des formes massives et sombres des baleines grises migratrices. Point Dume s'élance dans le Pacifique et les grandes baleines s'approchent du rivage ici. Nous avions souvent vu ces magnifiques léviathans sortir de l'eau et expulser l'air de leurs trous de soufflage. La crique des pirates est un petit croissant de sable entouré de hauts murs déchiquetés de roche rouge. Pendant que Frank et Sheila jouaient dans les vagues, j'ai posé une couverture militaire en laine verte sur une petite parcelle de sable entre deux rochers et je me suis allongé avec Rachel. Le soleil, l'air salé, les mouettes et la brise fraîche ne faisaient plus qu'un avec son doux boyvolontaire et l'odeur du beurre de cacao . Le temps s'est arrêté mais a passé rapidement. Le soleil d'ouest a peint les houles en rouge alors qu'elles faisaient signe vers le rivage. Ensuite, nous avons nagé et goûté le sel dans notre bouche pendant que nous nous nettoyions.

Nous sommes partis pendant ce temps magique appelé crépuscule. La journée était terminée, mais la nuit attendait son tour pour régner. Nous avons descendu la Pacific Coast Highway pendant que les surfeurs rangeaient leurs planches et enlevaient leurs combinaisons. Le seul son était le bourdonnement du quatre cylindres ronronnant à travers lestuyaux d'échappement. Nous nous sommes blottis ensemble contre la brise fraîche dans la cabine ouverte . J'ai tourné sur Topanga Canyon en direction de la vallée. À mi-chemin, j'ai quitté la route sous un chêne massif inquiétant pour que Frank puisse se soulager. Alors que nous étions assis dans l'obscurité, nous avons soudainement entendu le cri d'un chat sauvage directement au-dessus de nos têtes. Nous avons retenu notre souffle pendant que je redémarrais le moteur et commençais à rouler vers l'avant. Frank s'accrocha à la porte ouverte avec un pied sur le plancher. De retour sur l'autoroute, nous avons ri d'une adrénalineet avons secrètement souhaité qu'il y ait un toit au-dessus de nos têtes.

Nous avons déposé les filles et sommes allés chez ma mère. Je me suis garé près du trottoir devant la maison sur Rinaldi Street à environ un mile à l'ouest de l'autoroute de San Diego. Il y a une haie privée envahie par la végétation qui surplombe le trottoir près des caroubiers qui poussent à côté de la rue. Nous avons ouvert la porte à mailles de chaîne et traversé la pelouse clairsemée qui s'est battue pour survivre sur le sol dur. La maison de style ranch des années cinquante était sur un terrain en forme de tarte à côté de hautes tours de ligne de power qui craquaient et pulvérisaient dans l'air nocturne. J'ai ouvert la porte de la cuisine dans une scène familière. Maman était à l'évier en train de chanter pendant qu'elle lavait la vaisselle. Nous sommes passés devant la laveuse et la sécheuse à côté de la porte pour obtenir nos câlins maternels. « Salut honey », s'exclama-t-elle en se séchant les mains et en venant nous saluer. « Avez-vous eu un bon voyage vers le bas? » « Ouais, c'était sympa. Nous sommes venus plus tôt et avons pris Rachel et Sheila et sommes allés à la plage », ai-je répondu. « Oh, comment va Rachel? » demanda-t-elle d'un regard perçant. « Elle va bien », murmurai-je. « Oui, elle va bien Mme DeBiaso », a interpellé Frank en soulignant « très bien ». J'ai jeté un regard franc et il a retourné ce sourire espiègle. « Rachel va bien », ai-je répété.

Nous sommes entrés dans la petite salle à manger qui était ouverte sur le salon où la télévision faisait du bruit. Karen, ma sœur cadette de sept enfants, était assise à la table à manger en formica en dessinant une image avec des crayons. « Jim! » elle cria en courant autour de la table en souriant avec ses dents de devant manquantes. Elle nous a donné à tous les deux un câlin énergique. « Je dessine une image de moi et maman et papa et Biff. Voulez-vous le voir? Biff s'est livré à un autre combat et a perdu une de ses dents. Voulez-vous voir? Mon professeur m'a dit que j'étais l'un des meilleurs dessinateurs de la classe. » s'exclama-t-elle fièrement. Biff était un chat persan de couleur beige qui avait de longs cheveux fins et perpétuellement emmêlés. Nous l'avions acquis quand Karen n'était qu'un bébé. Elle portait ce chat quand elle était à peine plus grande que lui. Elle l'a laissé tomber, s'est assise sur lui, l'a frappé, mais pasle chat du chapeau ne voulait pas la fuir ou ne jamais la gratter. En vieillissant, il se faisait de plus en plus battre. Il avait été heurté par une voiture, mâché par un chien et se faisait continuellement battre par des chats du quartier. J'ai regardé sa photo, je lui ai dit à quel pointc'était agréable, puis j'ai vu Roy, le père de Karen, se lever de sa chaise pour nous saluer.

Roy est un Italien qui travaille dur et qui est prompt à la colère mais plus rapide à l'affection. Il portait son cœur sur sa manche où il était ouvert à la joie et au rire, mais facilement meurtri. C'était un homme carré. Sa tête était de forme carrée, il avait les cheveux bouclés coupés de près et ses oreilles étaient à plat contre sa tête pour ne pas briser la symétrie. Il avait une mâchoire pleine dentée qui aurait pu être légèrement plus grande que son front. Il était maigre et fortement built, descendant de générations d'ouvriers italiens. Il avait des avant-bras Popeye et sa poitrine était à peu près de la même taille que sa taille. Il s'est levé de sa chaise alors que nous entrions dans la pièce avec un large sourire sincère alors qu'il nous saluait. Notre relation avait été tenduependant la guerre, mais après mon départ de la maison, nous avons laissé nos divergences d'opinion se reposer. Cela nous a aussi blessés tous les deux de voir la consternation de maman avec nos chamailleries. C'était sa maison, et le monde extérieur n'était pas autorisé à entrer dans son sanctuaire.

« Jim, Frank, comment diable allez-vous les gars? » Il est venu, m'a donné un câlin et un baiser sur la joue. Il était fier de moi pour avoir obtenu une bourse d'études à l'Université de Californie. Il n'y avait jamais eu personne dans sa famille qui soit jamais allé à l'université. « Nous sommes bons. Comment étiez-vous un vieil homme?« Répondis-je, un peu gêné par sa démonstration d'affection. « Je veux leur montrer comment Biff a perdu sa dent », intervint Karen. Roy regarda Karen avec fierté et affection. Elle était son monde entier. Il avait même peint « Karen baby » à l'avant de soncamion à plateau d'une demi-tonne qu'il utilisait pour transporter des produits. « Tu vas trouver ce vieux chat pour que nous puissions montrer aux garçons, chérie », murmura-t-il gentiment. « J'ai trouvé un bon endroit pour garer le camion pour pédaler sur Foothill Boulevard, mais les shérifs du comté m'ont enfui, ont dit que je n'avais pas de licence pour pédaler. Pouvez-vous le croire? Une maudite licence. M'a donné un billet aussi », s'est-il exclamé alors que son visage se foutait dans une démonstration de dégoût. J'aurai besoin de trouver un nouvel endroit, n'est-ce pas maman? » « Oui ma chérie » répondit maman avec prudence. Sa maison et ses enfants ont été toute sa vie. Elle ne voulait rien dire pour perturber l'équilibre délicat entre elle et Roy. Elle avait été élevée dans un orphelinat à Chicago après que sa mère ait été internée dans un établissement psychiatrique quand elle était très jeune. Un frère et deux sœurs ont été adoptés, mais Billie, ma mère et son frère Ralph ont été laissés à l'orphelinat jusqu'à l'âge de seize ans. Elle a rencontré mon père après la guerre, ils ont déménagé dans la campagne du nord de l'Indiana à l'extérieur de Chicago et nous ont eu quatre enfants. C'était son moment le plus heureux. Papa s'est lassé d'elle, a trouvé une autre femme et nous avons déménagé en Californie en tirant une remorque U-Haul chargée le long de la route 66 en 1963. Environ un an plus tard, elle a rencontré Roy, s'est mariée et a eu Karen, mais son cœur avait été brisé dans Indiana. C'était son endroit pour avoir une vie difficile. Ses enfants et sa maison étaient sa vie et sa joie.

« Vous me manquez, les gars, qui m'aidez dans le camion. Nous avons passé de sacrés bons moments, n'est-ce pas? dit-il avec nostalgie. Mon frère Tom et moi avions travaillé pendant des années à aider Roy sur le camion de fruits et légumes. Même quand nous étions jeunes, on nous avait confié la tâche de charger toutes les boîtes de pommes, d'oranges, de tomates, de cantaloups et de tout ce qui se passait en saison à l'époque. Les oranges et les pommes coûteraient environ quarante livres, mais les cantaloups pourraient peser soixante-quinze livres. J'étais trapu et j'avais un dos solide, mais Tom était mince et avait un cadre plus faible. C'était une question de fierté pour lui de pouvoir soulever seul les caisses les plus lourdes. Tom en a payé le prix avec un b ack endommagé. Nous passions les week-ends à l'arrière du camion à emballer les fruits et légumes pour les clients. Nous avions généralement deux qualités différentes de chaque type de produit. Nous avions les boîtes à utiliser sur le fond du sac, et les plus chères pour le haut. Le temps était chaud ou froid ou humide ou le vent soufflait. Parfois, Roy nous criait dessus pour ne pas avoir fait quelque chose de bien, et lui et Tom semblaient sur le point d'en venir aux mains, mais cela n'en est jamais arrivé là. Nous avons souvent ri de la façon dontles clients étaient enthousiastes et de la façon dont Roy les vendait plus qu'ils ne le voulaient vraiment. Quand quelqu'un s'arrêtait et demandait des tomates, des oranges ou des pommes, Roy nous criait en retour : « Donnez-leur dix livres. » Nous avons toujours ri quand ils ont acheté les dix livres. « Ouaisah », j'ai accepté, « nous avons passé de bons moments. »

« J'ai fait ta casserole de thon préférée », dit maman en sifflant en mettant la table, « J'espère que tu as faim. » Nous avons dîné avec maman en demandant constamment si nous en avions assez, ou s'il y avait autre chose que nous voulions. Nous avons fini de manger, nous avons dit au revoir, et quand maman m'a embrassé au revoir, il y avait de la tristesse dans ses yeux. Mon jeune frère Jeff vivait toujours à la maison, mais nous avions tous les trois déménagé. Elle a eu du mal à nous laisser partir. « Je vais vous écrire », a-t-elle appelé ensortant, et je serais sûre de recevoir une lettre d'ici le milieu de la semaine relatant les événements des prochains jours. Nous sommes allés chez mon frère Tom à quelques kilomètres de là. Il était surnommé Penguin, et il vivait avec Steve, autrement connu sous le nom de Cow, et Mark. C'était un samedi soir exceptionnellement calme à la « fosse » comme on appelait leur salle de fête. Il y avait quelques personnes assises autour du comptoir formica au bout de la cuisine qui passaient autour d'un joint et buvaient de la bière. Mon frère Tom nous a vus quand nous sommes entrés.

« Hey Jim, Frank, que se passe-t-il? » « Nous cherchons un endroit où nous écraser ce soir. Nous sommes juste venus de maman et avons soupé », ai-je répondu. « Vous pouvez avoir ma chambre. Je vais dormir sur le canapé. Vous voulez vous défoncer?

Les vaches ont eu de la bonne herbe pour un changement, au lieu defumer la mienne »; Penguin a dit en regardant Cow étendu sur le canapé. « Fuck you Penguin. J'ai une meilleure réserve que toi. He he he he « , Cow a riposté en se levant sur un coude. Mark entra dans la pièce. « Petit frère des pingouins, tu as de nouveau ce c hink aux cheveux longsavec toi. Qu'avez-vous fait tous les deux commies ? » il a appelé avec une fierté évidente que l'un de leurs clans fréquentait une université. La première fois que j'ai amené Frank par la « fosse », il était prêt à se battre contre les insultes qui étaient lancées contre lui. Il m'a fallu un certain temps pour lui expliquer que la violence verbale était leur façon de l'accepter dans le groupe. « Fuck you, Mark », répondit Frank en riant. « Nous essayons de renverser le gouvernement. » « Je serai le fils d'une chienne si tu ne l'es pas. Faites-moi savoir si vous avez besoin d'aide. Haw haw haw haw haw »,s'exclama-t-il en disparaissant dans sa chambre.

Le matin, nous sommes retournés à Santa Barbara. Nous sommes arrivés à l'appartement pour trouver Steve engagé avec un groupe de personnes organisant les manifestations pour leprintemps à venir. Steve était calme, mais extrêmement doué en tant qu'organisateur. Il est devenu un centre d'activité. Les gens le cherchaient pour son aide à toute heure du jour ou de la nuit. Il écoutait calmement, brossait les moustaches de sa bouche et offrait son analyse.

En janvier71, l'armée a tenu sa loterie de conscription pour l'année. Si le nombre pour votre anniversaire était une centaine ou moins, vous seriez repêché. Le numéro de loterie pour mon anniversaire, le 15 février, était le 311. Le soulagement que j'ai ressenti était extraordinaire. Ma vie avait été auplus bas jusqu'à ce jour, mais maintenant je sentais un stress fondre de mon corps. C'est à peu près à ce moment-là que Frank a décidé que les gens ne devraient pas rivaliser les uns avec les autres. Il a arrêté d'aller à ses séances d'entraînement de gymnastique et on lui a dit qu'il perdrait sa bourse. Ce serait le dernier semestre de Frank, et je savais que ce serait le mien aussi. J'ai perdu mon envie de poursuivre mes études. Je voulais m'éloigner de tout.

Mai 1971 était enfin arrivé. Il y avait un plan pour que les étudiants achètent des voitures Junker, les conduisent à Washington DCet bloquent la circulation avec les personnes handicapées. La police et les dépanneuses étaient occupées à nettoyer les routes, de sorte que la tactique ne s'est pas avérée capable de fermer le gouvernement comme prévu. Les manifestations dans cinq grandes villes ont suivi. Nous sommes allés à San Francisco avec Steve pour la démonstration prévue là-bas. Steve avait des amis à Berkeley avec qui nous sommes allés séjourner. Lorsque nous sommes entrés dans Berkeley, nous nous sommes retrouvés au milieu d'une confrontation entre les Black Panthers et ce qui semblait être une centaine de cochons en uniforme. Les Noirs couraient dans les rues, et s'ils étaient attrapés, ils étaient battus. Steve a arrêté la voiture et nous nous sommes penchés sur nos sièges jusqu'à ce que la mêlée soit passée. Les tensions étaient vives. Nous sommes venus en ville quelques jours avantla marche. Des voitures pleines de cheveux longs affluaient de tout le pays. Les fourgonnettes VW peintes étaient garées dans n'importe quel espace disponible et les gens faisaient la fête. Le petit appartement où vivaient les amis de Steve était plein à craquer de propriétaires extérieurs ici pour la célébration de la fin de la guerre. Steve est resté pour consulter d'autres organisateurs pendant que Frank et moi sommes sortis pour nous joindre à la fête. Nous n'avions pas réalisé jusqu'à présent à quel point Steve était central dans l'effort. Son clan de l'ouest de Los Angeles allait et venait à toute heureavec des questions et des rapports pour notre modeste ami juif. Nous avons également constaté que leurs pères hébreux qui étaient dans le droit, le divertissement ou les affaires soutenaient activement leurs fils et leurs filles dans leurs efforts anti-guerre. L'électricité circulait à travers cet appartement Berkeley.

Dans la rue, l'odeur de la marijuana était omniprésente. Alors que nous marchions dans la rue, nous nous sommes arrêtés pour parler et prendre un coup de temps en temps d'un joint ou d'un bang de haschisch. Les gens trébuchaient sur de l'acide ou de la mescaline, souriaient et chantaient, avec desrayons de plombage. Les jolies dames étaient libres avec des câlins et des baisers. Nous nous sommes retrouvés en tant qu'émissaires des connaissances privées acquises grâce à notre association avec Steve. Le plus grand effort était maintenant la logistique pour amener les masses de manifestants au débutde la marche. Nous sommes devenus des célébrités dans la rue. Les gens sont venus nous voir de partout pour nous poser des questions sur toutes sortes de choses. Nous sommes également devenus assez lapidés, et bientôt nous n'avons été d'aucune aide pour personne.

La veille de la marche, la circulation entrant dansla ville était bloquée. Les autorités locales se sont mobilisées pour détourner les véhicules vers les zones périphériques où ils pourraient prendre les transports en commun dans la ville. C'était la première fois que je sentais qu'un gouvernement local était de notre côté. Les nouvelles ont rapporté qu'environ un million d'âmes étaient déjà entrées dans la ville. Nous avons pris un bus de Berkeley tôt le matin le jour de la grande manifestation. Tout le monde riait et chantait. Nous n'avions pas besoin de drogue pour nous défoncer ce jour-là. Nous avons été déposés à l'extérieur d'un grand parc à l'intérieur de la ville. La police de San Francisco à pied, à cheval ou à moto dirigeait les masses lancinantes. Les chevaux et les motos étaient couverts de fleurs que les gens avaient placées là. Il y avait une émotion intense qui s'est élevée de l'intestin et s'est retrouvée stupéfaitedans ma gorge. Les gens étaient seuls et incapables de se contrôler, pleurant. D'autres étaient étourdis et riaient. Nous savions que nous arrêterions la guerre ce jour-là. Nous étions impatients de commencer la longue marche à travers la ville jusqu'au parc du Golden Gate. Nous avons entendudire que le maire Alioto dirigerait le cortège et que la marche avait commencé plus tôt que prévu pour faire de la place aux centaines de milliers de personnes qui attendaient de commencer. Frank et moi avons fini par avancer au milieu de la foule massive qui se déplaçait lentement bapar étapes alors que nous nous déplacions à l'unisson ensemble. Enfin, sur la route, la foule s'est relâchée et nous avons pu marcher à un rythme délibéré. Nous avons commencé à chanter le classique country de Joe McDonald.

« Un, deux, trois, pour quoi nous battons-nous ? Ne me demandez pas maintenant, je ne m'enfous pas, arrêtons ce Vietnam. Cinq, six, sept, ouvrez les portes nacrées, pas le temps de vous demander pourquoi, yippy, nous allons tous mourir.

Nous avons constaté que la foule était séparée en différents groupes de personnes. Nous sommes passés de cheveux longs de partout dans le payspour essayer de ralentir le mouvement des personnes âgées qui s'entraidaient pendant qu'elles se déplaçaient, aux familles avec leurs poussettes. Alors que nous traversions le quartier des affaires des gratte-ciel de verre et d'acier, les hommes d'affaires et les secrétaires attendaient une ouverture pour entrer dans la foule. Les enfants locaux sur leurs vélos et planches à roulettes se sont joints au défilé. Nous nous sommes finalement retrouvés dans un groupe de gays maquillés et travestis et pétillants. Lorsque nous sommes arrivés au sommet de Market Street, nous l'avons vu emballé d'un bord à l'autre pour aussi loinque l'on pouvait le voir dans les deux sens. C'était un spectacle surréaliste. C'était légèrement couvert et frais, une belle journée. Quand nous sommes finalement arrivés au golden gate park, il y avait déjà beaucoup de monde. Il y avait une grande scène installée au milieu de l'immense butte herbeuse où nous devions profiter de la musique de certains des plus grands noms du rock and roll. Des stands de nourriture gratuits avaient été installés autour du périmètre. La longue marche a affamé tout le monde. Le doux arôme fumé de la viande grillée provoquait une salivation involontaire. Il y avait une paix dans notre faim et notre accomplissement. La foule remplissait le parc qui surplombait la baie bleue et agitée et le pont du Golden Gate. L'odeur piquante de la marijuana, du patchouli et de la sueur dérivait dans l'air. Alors que la masse de l'humanité s'installait pour profiter du spectacle, qui serait la fin parfaite de la journée parfaite, nous avons vu une bande de Latinos à béret rouge marcher sur la scène et expulser les roadies qui se préparaient pour le spectacle. Ils ont défilé de manière militante en criant « Viva la Raza ! Vive la Raza! » Ils ont utilisé le micro pour exprimer leur tirade contre « l'homme » qui les avait opprimés. Ils ont refusé d'abandonner la scène au fil de la soirée. Finalement, les gens ont commencé à quitter le parc en criant « Viva la Raza! » à leurs spectateurs réticents au départ. Quelle bande de connards. Frank et moi sommes finalement retournés à Berkeley et avons trouvé Steve dans un sommeil épuisé. Nous sommes redescendus à Santa Barbara le lendemain dans le bug de Steve. Frank jouait de l'harmonica blues, mais nous parlions peu. Nous savions quenous avions participé au début de la fin de la guerre. Les victoires provoquent une complaisance qui peut conduire à la défaite. Nous savions aussi que la bête ne serait pas tuée si facilement, et nous étions fatigués.

Nous y sommes retournés pour nos examens finaux. J'ai réussi à passer tous mes culs cl, mais Frank n'a pas eu cette chance. C'était la fin de ses études universitaires à l'UCSB puisqu'il avait déjà perdu sa bourse de gymnastique. C'était la fin de la mienne parce que j'avais perdu le désir.

Il y avait une grande fête dans le complexe après la fin des finales . C'était le moment de se débarrasser du stress intériorisé avant les vacances d'été . La fête a commencé dans la grande piscine cet après-midi-là. Il y avait des bruits bruyants d'enfants adultes jouant dans la piscine olympique. À l'approche du crépuscule, les élèves ont commencé à enlever leurs vêtements. Bientôt, presque tout le monde était nu. L'un des jocks qui vivaient ici a plongé du toit du troisième étage dans la piscine avec un cri de banshee. Nous avons tous décidé de voir combien d'entre nous pourraient prendre une douche en même temps. Nous sommes donc montésà l'étage dans un appartement et dans la douche. La masse de corps humides entassés dans ce petit espace nous a fait rouler de rire. Quand je suis retournée à la piscine pour récupérer mes vêtements, je les ai trouvés partis. Quelqu'un avait décidé que ce serait une bonne blague de prendre les vêtements de tout le monde. Je me suis dirigé vers notre appartement et j'ai constaté que Steve avait quelques visiteurs mixtes d'Allemagne. J'ai fait bonne impression en étant introduite dans ma nudité. Steve arborait un grand sourire. Le lendemain, nous avons dit au revoir. Steve est alléme voir à Los Angeles pour l'été. Frank retourna à Modesto dans un avenir incertain. J'ai chargé mes affaires dans la MG et je suis parti à la recherche d'un autre chemin.

La fosse

À l'été 69, mon frère Tom a quitté la maison après avoir obtenu son diplôme de la Granada Hills High School. Nous vivions dans une maison de style ranch de banlieue des années cinquante de san fernando valley qui avait peu d'isolation. Les vents d'hiver soufflaient à travers le col au-dessus du rvoir Van Normanet à travers les fissures autour des fenêtres et des portes, et il faisait chaud en été. Des lignes électriques se fissuraient sur des tours qui couraient en diagonale à côté des eucalyptus le long du côté du terrain en forme de tarte.

Tom était inhabituel. Il était calme et doux but habillé comme certains des types de graisseurs durs. Il portait des jeans et des chemises avec les manches arrachées. Les Levi's étaient bleu pâle à cause du lavage, mais impeccablement propres et fortement plissés et suspendus à son cadre mince. Ses chemises étaient impeccables et ses chaussures effleuraient son environnement. Cependant, de loin, il avait l'air aussi gras que ses semblables. Il semblait faire tous les efforts possibles pour cacher sa vraie nature. Quand nous étions jeunes, nous partagions souvent des chambres et des commodes. Mon côté de la pièce était encombré et les tiroirs de ma commode contenaient des piles de vêtements jetés. Le côté de tom de la pièce était scrupuleusement organisé. Ses chaussettes et chemises dans ses tiroirs étaient parfaitement pliées et alignées avec précision.

Tom, ou Penguin comme l'appelaient ses copains, avait un walk particulier à cause de la façon dont son corps mince vacillait sur les jambes qui s'inclinaient vers l'extérieur. Pour une raison quelconque, peut-être à cause du travail lourd que nous avons fait pour notre beau-père en chargeant et en déchargeant son camion de fruits et légumes quand nous étions jeunes, son dos et ses jambes avaient été endommagés. Il ne seplaignait pas, mais je savais qu'il souffrait souvent et qu'il devait résister au ridicule de sa démarche à l'école.

Il a quitté la maison de notre mère pour s'installer dans un petit trois chambres à Coucher à Mission Hills, à côté de l'autoroute de San Diego, avec deux de ses copains. Il était légèrement délabré avant même qu'ils n'aient emménagé. L'autoroute a été surélevée bien au-dessus du niveau du toit, mais il y avait un bruit constant de la circulation, même à l'intérieur de la maison, bien qu'après un certain temps, il ait été à peine remarqué.

Steve vivait en face de l'église de notre mère. Ses deux parents étaient irlandais et il aimait boire, se battre et faire la fête. Il était de bonne humeur et sensible. Son surnom était Cow, qui était l'abréviation de Cowcatcher. Un cowcatcher était la grille métallique qui dépassait à un angle de l'avant des anciennes machines à vapeur. Si une malheureuse vache se trouvait sur les rails lorsque le train arrivait, le cowcatcher jetait la malheureuse bête hors des rails. Steve était le Cowcatcher parce que c'était la première partie d'un train. Un train dans notre jargon mefourmi un groupe de gars profitant collectivement d'une femme en état d'ébriété. Que quelque chose comme ça se soit produit ou non était hors de propos. Cow avait eu l'honneur d'être le premier en ligne et il savourait le titre. J'avais passé beaucoup de tempsà me promener avec Cow quand il vivait avec ses parents. J'étais très timide. Cow m'a pris sous son aile, m'a laissé traîner avec lui et m'a appris les voies du monde. Il m'a fait poser quand j'avais quatorze ans, et il m'a appris à cracher: il fallait acquérir une quantité suitable de crachat de consistance appropriée, rouler la langue jusqu'à une petite ouverture au niveau des lèvres, souffler vigoureusement tout en encourageant le crachat à se rendre à l'ouverture. Une fois que le « lugey » a rencontré l'air à grande vitesse, il s'est lancé dans une trajectoire précise avec unevitesse puissante. La vache pourrait être morte précise à trente ou quarante pieds. Il s'était fait connaître à l'école secondaire Porter pour ses prouesses.

Mark a emménagé avec Penguin et Cow. Personne n'avait jamais eu le culot de donner un surnom à Mark. Il était grand, fort et lean. Les os de ses bras étaient gros, longs, et il avait une qualité de singe. Ses cheveux étaient longs sur les épaules, sombres et droits; il avait une moustache négligée et une barbe clairsemée le long de son menton. Son rire plein de dents résonnait avec autorité. Quand Mark a ri, tout le monde a ri. Il voyageait avec un entourage de motards tranquilles et maussades qui étaient impatients de faire ce qu'il voulait, si nécessaire.

Je passais souvent mes week-ends à « la fosse », c'est ainsi que l'on appelait la maison. Un vendredi de printemps, je me suis arrêté après l'école. Penguin était dans le garage en train de travailler sur sa Ford '58 jaune et blanche. « Salut Jim », remarqua-t-il sous le capot de la voiture. Le garage était encombré de boîtes, de pièces de voiture et de moto. L'odeur du pot pendait piquante dans l'air. « Il y a un cafard sur lere si vous le voulez. » « Ok » ai-je répondu en ramassant le clip de gardon. Tom a toujours eu la meilleure herbe. Nous n'avons jamais beaucoup parlé. Nous n'avions pas à le faire. Nous avions toujours été proches de l'époque où nous jouions ensemble dans le bac à sable, ou lorsque nous partions à travers les forêts de laine duredu nord de l'Indiana pour trouver le plus haut chêne blanc ou noyer noir à escalader. Nous semblions savoir ce que l'autre pensait et n'avions guère besoin de mots.

Cow sortit de la porte d'entrée et entra dans le garage. « Hey punk, tu vas bogart ce cafard ou quoi? » il a bien naturellement demandé en tendant la main pour le clip que je tenais. « Merde, tu le laisses sortir. Hey pingouin, donne-moi une lumière. » « Fuck you. Obtenez votre propre putain de lumière vous bâtard paresseux! » Vint la réponse de sous le capot. Penguin et Cow avaient une relation particulière. Ça m'a toujours fait sourire quand ils étaient ensemble. Cow s'est fait un devoir de demander quelque chose à Penguin quand il était occupé. Il ne se lassait jamais d'entendre les réponses exaspérées du pingouin. « Te he he he. » Vache ricana. Cow avait une vieille paire usée de Levi's on. Ils étaient soit légèrement gros, soit son cul était trop petit pour les empêcher de glisser vers le bas. Toutes les quelques minutes, il devait les descendre et les tirer jusqu'à son ventre en surplomb. Sa poitrine et son dos étaient bronzés jusqu'à sa ligne de pantalon; de là, il était blanc de lys. Il portait rarement une chemise ou des chaussures pendant les mois chauds. Le bas de ses pieds sales était largement étalé avec une peau coriace. Il m'avait appris que si vous alliez pieds nus, vous ne pouviez pas porter de chaussures. Le bas des semelles est devenu mou rapidement dansl'ide des chaussures. Soit vous portiez des chaussures, soit vous ne les portiez pas; l'un n'était pas compatible avec l'autre. Il était religieux sur le fait de ne pas porter de chaussures. Je portais rarement des chaussures en été.

Alors que je m'asseyais et regardais Penguin démonter méticuleusement puis remonter le carburateur sur le V8 302 propre et peint, nous avons entendu le grondement lointain des hachoirs s'approcher. Mark a mené le peloton de Harley hachées assourdissantes alors qu'elles s'arrêtaient dans l'allée. Chacun s'est arrêté dans sa place de stationnement hiérarchique et n'a pas éteint leurs en gines palpitantsjusqu'à ce que Mark soit descendu. Mark est entré dans le garage, m'a regardé, a ri et a dit: « Merde mec, où es-tu allé? Je ne t'ai pas vu autour. Tu veux une bière? » « Bien sûr. » J'ai répondu. « Eh bien, allez le chercher vous-même. Je suis sûr que l'enfer ne va pas l'obtenir pour vous. Haw haw haw haw. Sur ce, il se tourna pour entrer dans la maison. Le groupe l'a suivi dans des sourires faibles et clignotants à ma façon. En me parlant avec des malédictions et des plaisanteries, il avait signalé à ses semblables que j'étais un membre du clan et que je devais être protégé si l'occasion se présentait. J'avais eu cet honneur. Être le petit frère des pingouins m'avait souvent empêché d'être harcelé par d'autres durs du quartier.

Alors que la soirée passait au crépuscule, les gens arrivaient par deux et trois dans des Ford et des Chevrolet abaissées,faisant tourner leurs moteurs, puis les éteignant pour faire craquer les tuyaux d'échappement comme une série d'explosions de fusils pour signaler leur arrivée. Penguin a terminé ses réparations, remis chaque outil à sa place, démarré le moteur, fissuré les tuyaux et arrêté l'ingénieur. « Je pense que ça ira bien. » remarqua-t-il en essuyant la graisse de ses petites mains. Je savais qu'à un moment donné ce week-end, il prendrait son « court » propre et immaculé et sortirait courir, ivre, casserait quelque chose et serait de retour en réparation dans quelques jours. C'était toujours la même chose. « Cela me semble bien. » J'ai accepté. Penguin savait qu'au début de la fête du week-end, il devrait commencer à ramasser des bouteilles et des canettes et à nettoyer les ordures. Il a passé la majeure partie du week-end à faire le ménage, à moins qu'il ne devienne trop ivre ou lapidé pour continuer. C'était un membre très nécessaire du groupe. Il était généralement calme, mais parfois quelque chose le faisait craquer. Quand cela s'est produit, tout le monde lui a donné une large couchette. De temps en temps, le berserk viking latent faisait surface. Même Mark et ses copains savaient qu'il fallait rester à l'écart de sa colère. Quand il s'installait, il se couchait habituellement. Ensuite, Mark et Cow riaient jusqu'à ce qu'ils pleurent alors qu'ils racontaient chacun quelque chose de plus scandaleux que Penguin venait de faire.

Cette nuit était comme n'importe quel autre vendredi alors que la partiey commençait. La maison a été soumise alors que les gens commençaient à boire et à fumer. Mark et ses amis étaient dans la cour arrière en train de crier et de lancer des fers à cheval. Des rires bruyants suivaient lorsque la chaussure en métal volante frappait presque quelqu'un. « Haw haw haw haw », on pouvait entendre l'arche Mau-dessus de toutes les autres. Cow s'est assis avec des gens à un comptoir en formica en forme de « u » au bord de la cuisine. C'est là qu'il y avait souvent un « joint » qui circulait. « Hey Jim! Venez ici et essayez un peu de cela. C'est un mauvais cul que nous avonsed. Te he he he he », a-t-il appelé en prenant une longue traînée hors de l'articulation. Tout le monde avait les yeux rouges et était amical alors qu'ils partageaient le rituel tribal.

Il y avait quelques filles qui étaient des habituées de la fosse. En règle générale, ces dames avaient fait le tour des gars quitraînaient là-bas. Elles avaient été les petites amies de tel ou tel gars, jusqu'à ce qu'elles deviennent l'une des filles. Ils passaient souvent la nuit avec l'un des habitués mais n'avaient pas d'attaches permanentes. Parfois, ils tendaient vers les lignées maternelless. Ils avaient trouvé une niche dans la foule. Les gars avaient souvent des petites amies à l'extérieur de la fosse. Cela a été tenu dans la plus stricte confidentialité. La plupart des gens ne savaient pas que quelqu'un avait même une petite amie stable. Les dames à la fosse étaient des activités parascolaires.

Penguin était très discret sur sa vie amoureuse. Parfois, il trouvait une fille tranquille, qui n'avait pas sa place à la fosse, avec qui être. Elle était généralement comme lui; couvrir sa vraie nature afin de s'intégrer. Cela n'a généralement pas duré longtemps.

La vache était tombée enamour avec une belle fille italienne au lycée. Gina l'a largué après un certain temps, et il ne s'est jamais totalement rétabli. Bien qu'il n'ait jamais manqué d'un corps chaud dans son lit à eau, cela a duré un week-end tout au plus. Il se cachait derrière la boisson, le tabagisme et le rire.

Mark a toujours eu au moins une petite amie. La plupart d'entre eux provenaient de sa vie de motard. Il avait le talent de trouver les dames les plus sexy. Il les traitait avec dédain en public et ils l'aimaient pour cela. Il laissa un flot constant de femmes agitées qui étaient attendues avec impatience par les autres.

Cette nuit a commencé tranquillement, et comme plus de gens sont arrivés; les sons de plusieurs conversations sont devenus un vacarme bas. La douce odeur de marijuana était épaisse. On pouvait voir la fumée s'échapper à travers la porte moustiquaire. Quelqu'un avait brought un peu de LSD de vitre. On l'appelait windowpane parce qu'il était sur de minuscules carrés de papier clair: une véritable qualité pharmaceutique. Il était impossible de prévoir comment les gens agiraient lorsqu'ils trébucheraient. Les gens qui faisaient de l'acide régulièrement n'étaient pas un problem. Ceux qui avaient rarement trébuché étaient plus imprévisibles . Cela semblait brouiller la distinction entre la conscience et l'inconscience. Certains seraient choqués de voir ce qui a été supprimé. Cela pourrait aussi être assez visuel. Voir des motifs et des distorsions coloréesétait courant.

Penguin et Cow avaient tous deux perdu de l'acide. Ils étaient tous les deux de vieilles mains sur la scène psychédélique. Lorsque le médicament a pris effet, chacun a réagi comme prévu. Puisque Cow trouvait de l'humour dans tout de toute façon, ses voyages étaient généralement une explosion hilarante à l'arrière d'uneautre. Penguin devenait parfois introspectif. Cow était assis sur un canapé dans la petite salle à manger avec son bras autour d'une jeune mignonne. « Hey pingouin, viens ici! » il crachait à peine en contenant ses rires. Penguin était occupé à ramasser diligemment des canettes et des bouteillesavec une concentration intense. « Que veux-tu, connard? » répondit-il. Il se dirigea vers l'endroit où Cow était assis. Cow s'assit, lui murmura quelque chose à l'oreille, pointa du doigt à travers la pièce, le pingouin regarda et ils éclatèrent tous les deux de rire. Ils partageaient une idée secrète inconnaissable pour le reste d'entre nous. Leurs rires étaient contagieux. Bientôt, tout l'endroit éclatait de rires incontrôlables.

Mark a apprécié le rire avec tout le monde mais a gardé un œil sur les allées et venues de tout le monde. Il était lesergent d'armes nommé par le se lf. Si quelqu'un venait à la porte qu'il ne connaissait pas, il déciderait s'il pouvait entrer. La chambre serait calme à ces moments-là. Les femmes ne se sont jamais vu refuser l'entrée. Plus tard dans la soirée, deux gars sont venus à la porte. « Que diable voulez-vous? » Demanda Mark en ouvrant la porte et en regardant à travers l'écran déchiré. « Nous avons entendu dire qu'ils étaient une fête ici, mec. » L'un d'eux aux cheveux coupés serrés répondit avec défi. « Il n'y a pas de parti ici, mec, tu as mal entendu. » Cow et Penguin s'étaient déplacés derrière Mark. Lere était le silence.

« Hey Steve! Vous vous souvenez de moi de Sylmar high? C'est George, George McCarthy. Vous vous souvenez de moi? J'étais parti, j'étais en 'nam. C'est mon copain. Il vient de rentrer. Nous avons besoin d'un endroit où aller homme. » « Oh oui bien sûr, comment as-tu été homme? » Cow répondit alors que Marc les laissait passer dans la maison. Son ami avait des yeux vitreux sans émotion qui regardaient droit devant lui. Mark les regarda alors qu'ils se rendaient au bar où un joint était passé. Nous avions tous eu l'expérience du retour des soldats qui devenaient violents sanspr ovocation. Malgré tout, il était difficile de les refuser. Même « la fosse » était considérée comme un refuge pour leurs âmes tourmentées. Cow a parlé avec George de leurs expériences partagées à Sylmar High. Il s'est promené sur des situations amusantes où l'autorité avait été ignorée. Il a parlé comme si c'était hier. George se souvenait comme si les pitreries des écoliers étaient un passé de toute une vie. L'ami de George était assis au bar avec des yeux invisibles. Il tendit la main dans sa poche et sortit ce qui ressemblait à un joint. Il l'a allumé et j'aiimmédiatement reconnu l'odeur. Une fois, j'avais fumé un joint avec cette odeur âcre. J'avais une connaissance du lycée qui m'avait passé une fumée similaire. Par la suite, j'ai ressaisi violemment, mais j'ai eu un high comme je n'en avais jamais connu auparavant. Les Vietnamiens s'assuraient que les GI américains avaient tout ce qu'ils voulaient des médicaments les plus puissants. Il avait allumé un joint d'héroïne pure. Le médicament était si puissant qu'il n'y avait pas besoin de mainline. J'ai appris plus tard que ma connaissance du lycée, un grand ki d roux touffu que tout le monde aimait, avait fait une overdose le lendemain et était morte.

Mark sentit l'héroïne brûlante, « Nous ne voulons rien de cette merde ici. Vache, prends soin de tes amis! Merde, mec ». L'ami de George posa le joint. Avec des yeux de poisson froids, il se leva, se retournapour regarder Mark et tendit la main dans sa poche. Marc se leva, plissa les yeux et planta ses pieds. La pièce est devenue mortellement silencieuse. George a sauté, a attrapé son ami par les épaules et a supplié: « Hey mec, ce sont nos amis. Nous sommes à la maison maintenant mec, nous sommes à la maison. » Il s'assit avec des yeux sans émotion. « Nous sommes à la maison », a-t-il répété. Les dames ont rempli leur rôle dans le drame en réconfortant toutes les personnes impliquées. Bientôt, le murmure bas des conversations a repris. Penguin ferma le tiroir à couteaux et continua à faire la vaisselle. Je me suis approché de lui et lui ai dit : « Je vais décoller maintenant. » « Ok Jim » sourit-il. Alors que je partais, Cow a crié sur la tête de corps calmes et endormis:

« Revenez demain pour une bière. Te he he he. » J'ai fait un signe de la main.

Quand je suis sorti, j'ai regardé le pâté de maisons et j'ai vu une voiture de l'escouade laPD. Je me suis retourné, j'ai passé la tête à travers la porte ouverte et j'ai appelé Mark: « Comité d'accueil devant! » Il était au milieu d'un baiser passionné avec l'amour de ce soir. Il agita la main sans rompre le contact avec les lèvres. J'ai marché jusqu'à mon bébé bleu '61 Ford Falcon. Contrairement aux autres qui conduisaient des « shorts » abaissés avec des tuyaux bruyants et des roues chromées, je préférais les petites vieilles voitures que je pouvais acheter à bas prix et n'attiraient pas l'attention. J'ai démarré le moteur six cylindres en ligne, j'ai laissé tomber le levier de vitesses à colonne à trois vitesses en première vitesse et j'ai relâché l'embrayage. Le noir et blanc ne m'a pas suivi, mais j'étais sûr que l'un des autres serait « dérouté ».

Quand je suis rentré à la maison, j'ai trouvé ma mère endormie dans son vieux fauteuil orangeà dos de balançoire. Elle avait l'air si petite dans sa robe en lambeaux et ses pantoufles usées. Quand elle a ouvert les yeux, j'ai dit : « Tu n'as pas eu à m'attendre, maman. » « Je reposais juste mes yeux », répondit-elle endormie, ce qu'elle disait toujours. Elle ne pouvait pas aller au lit tant que tous les enfants n'étaient pas à l'intérieur, et elle a verrouillé et revérifié toutes les portes. « Avez-vous passé un bon moment? » « Je viens d'aller voir Toms. » « C'est bien, bonne nuit chérie », elle est venue, m'a donné un baiser et je suis allée me coucher.

Souvenirs

J'ai conduit toute la nuit. Le crépuscule frais de l'aube illuminait des rangées grises de maisons de piste identiques des premières banlieues ouest de Chicago. Je me suis assis dans le cockpit exigu de la voiture de sport Triumph TR4 '63 qui naviguait sur l'autoroute 80 à l'est de la ville. Je me suis assis bas, les pieds droits en avant, dans le minuscule compartiment où les pédales d'essence, de frein et d'embrayage étaient cachées à la vue. Le vent glacial soufflait entre les fissures au sommet du chiffon, les fenêtres et à travers le haut du pare-brise . Les pneus sur les roues métalliques chantaient un air mélodique contre les différents motifs de l'asphalte et du béton. Le moteur à quatre cylindres gorgeux poussait l'échappement en toute confiance à travers les collecteurs d'échappement et hors du tuyau d'échappement avec un son de puissance joyeuse d'être lâché sur la route ouverte. J'ai passé la nuit dans un petit motel quelque part dans les champs de maïs du sud de l'Illinois. C'était mon premier arrêt, autre que d'acheter de l'essence et de manger, depuis que j'avais quitté Los Angeles quelques jours plus tôt.

J'ai pensé à voir mon père; Je ne l'avais pas vu depuis que ma mère l'avait emmené, ma sœur et ses deux frères en Californie en 63. J'avais choisi de conduire cette route parce que c'était la plus proche de l'ancienne route 66 qu'ils avaient prise lors du trek de l'Indiana à la Californie. Je me suis souvenu de certains des endroits où je suis passé et je me suis souvenu comment ma mère avait essayé de faire du voyage des vacances en visitant les arrêts touristiques en cours de route. Mes frères et moi n'étions pas au courant du changement douloureux qui s'annonçait alors que les kilomètres passaientjour après jour dans le break Chevrolet II surchargé avec la remorque U-Haul en remorque. Ma sœur aînée était mélancolique pendant le voyage; elle avait une compréhension plus profonde de la façon dont leur mère avait tout jeté pour chercher une nouvelle vie en Californie.

Je me suis assis en agrippant le volant recouvert de cuir et j'ai regardé à travers les taches propres sur le pare-brise, faites par les petits essuie-glaces, alors que l'aube s'éclaircissait et que les couleurs revenaient dans les maisons et les usines. Mes cheveux brun clair ont été tirés en queue de cheval. Les cheveux sur mon visage n'étaient pas tout à fait une barbe pleine; il y avait un écart entre les brûlures latérales et la barbe van dyke, mais c'était le mieux que je pouvais faire à 19 ans. J'avais un corps musclé taillé qui était plus le résultat d'hormones que d'exercise. J'avais aussi les fortes jambes courtes des fjords de mes ancêtres norvégiens. Mes Levi's moulants étaient bien portés et confortables. J'avais toujours cassé une nouvelle paire de Levi's en nageant dans le surf de Malibu avec le pantalon raide. Après le body surf pendant un moment, je m'allongeais sur la plage et laissais le soleil les sécher sur mon corps. Une journée comme celle-ci a rendu le jean parfaitement ajusté. Je portais une chemise en laine Pendleton à carreaux bleus pour me prémunir contre le courant d'air du matin.

Je suis passé devant un marqueur routier, qui disait « Ancienne route 66 », et j'ai volé en montrant une route parallèle à l'autoroute. J'ai glissé dans les souvenirs des années précédentes.

Ma mère était restée à la maison avec les enfants dans la maison de style ranch nouvellement construite nichée dans une clairière du nord de l'Indiana. Mon père était rarement là. Ma mère était complètement dépendante de son mari. Elle ne conduisait pas et n'avait aucun contrôle sur l'argent que mon père ramenait à la maison. Elle a été heureuse pendant de nombreuses années dans sa simplicité jusqu'à ce que la réalité que mon père avait uneautre femme avec qui je passais mon temps devienne évidente. Ma dernière année dans les bois de l'Indiana a été bouleversée à cause des fréquentes disputes de mes parents. Ma mère a finalement exigé d'apprendre à conduire et à avoir son propre véhicule. Mon père aacheté un vieux break Jeep pour elle. La liaison de direction était si lâche que ma mère devait constamment déplacer le volant d'avant en arrière pendant qu'elle conduisait pour garder le vieux jalopy sur les voies de campagne étroites. Elle avait continué à conduire le nouveau break Chevrolet II avec le même mouvement oscillant du volant, sans se rendre compte que ce n'était pas nécessaire. Je me suis souvenu d'avoir vu son petit cadre assis en avant dans le siège et regardant prudemment à travers le pare-brise de nombreuses années avant de manœuvrer la voiture chargée de ses enfants et de tous ses biens vers l'ouest sur l'ancienne route 66.

La rosée du matin se condensait sur le capot noir froid de la petite voiture de sport boîte à pain. Les minuscules perles d'eau reculaient de la surface très cirée et roulaient autour de la bosse sur le capot du moteur qui laissait de la place pour les carburateurs à double SU qui se trouvaient sur le côté et au-dessus du moteur. Les gouttelettes ont sauté de la cire sur le petit pare-brise plat. J'ai allumé les essuie-glaces pendant un moment quand il est devenu difficile à voir, puis j'ai reculé à nouveau.

Le lever du soleil orange a silhouette la toute petite ligne d'horizon de Chicago. J'ai rallumé et retourné le bouton en caoutchouc de la radio AM, FM et ondes courtes. J'avais écouté la vague courte pendant la nuit. J'avaisbouffé avec l'accordeur jusqu'à ce que je trouve une station anglophone. J'ai trouvé la différence entre les « nouvelles » en Amérique et les « nouvelles » d'autres parties du monde stupéfiantes. Cela a renforcé ma conviction que des intérêts maléfiques contrôlaient l'actualité américaine. À l'approche de l'aube, les signaux d'ondes courtes ont diminué parce que le soleil à l'est a détruit l'ionosphère sur laquelle les ondes courtes rebondissent. Au cours de la veille, je n'ai pu recevoir que des stations de campagne hick; Je détestais cette musique. J'espérais prendre une station de rock à Chicago, mais j'étais encore trop loin. J'ai pêché adroitement avec mes doigts dans le petit cendrier sur le tableau de bord pour un « cafard » que j'avais laissé là. J'ai sorti un « clip de gardon » et j'ai attaché le « joint » à moitié brûlé taché de jaune, puis j'ai senti le briquet Zippo qui se trouvait dans le compartiment à côté de mon siège au-dessus de l'arbre de transmission. Une petite amie avait quitté l'allume-cigare un an ou plus auparavant. J'avais l'intention de le rendre, mais j'ai aimé la façon dont le haut cliquait en arrière avec une poussée dupouce. Le rouleau de silex a tiré une volée d'étincelles sur la mèche humide, et il a pris feu à chaque fois. Une fois le « joint » allumé, j'ai retourné le haut du briquet vers l'arrière avec un clic retentissant et satisfaisant. J'ai tiré la douce fumée brûlante profondément dans mes poumons et ill'a lé là. Finalement, j'ai expiré, mais seule une petite quantité de fumée s'est échappée.

Après avoir fumé le papier imbibé de résine jusqu'à la fin, j'ai trouvé le monde extérieur enveloppé de mes sens. Je suis devenu absorbé par des sentiments qui étaient normalement coupés de laconscience. Cela lui était familier. Je me suis détendu et concentré sur les lignes blanches en pointillés sur la route. La Triumph semblait se diriger d'elle-même. Les gros engins monstres ont commencé à passer bruyamment sur ma gauche, jetant de la brume sale sur le minuscule pare-brise et en proieà la fissure entre la fenêtre du conducteur et le dessus de la toile. J'ai allumé les essuie-glaces qui laissaient un anneau humide brun autour du périmètre de la vitre. Les camions se profilaient par derrière, sur le côté et devant la minuscule voiture noire. J'avais l'impression d'être englouti par des prédateurs sans visage de la route. J'ai poussé dans l'embrayage et j'ai laissé tomber le levier de vitesses, qui se trouvait sur mon côté droit au-dessus de l'arbre d'entraînement, en troisième vitesse, j'ai fait tourner le moteur, j'ai relâché l'embrayage et j'ai tiré habilement entredeux gros engins, j'ai laissé tomber la boîte de vitesses en quatrième vitesse et j'ai accéléré rapidement loin du peloton de camions. Je me suis installé confortablement devant et je me suis dirigé vers l'horizon rose de Chicago.

Alors que je m'approchais de la ville, le trafic de banlieue du matin est devenuplus dense et j'ai ralenti. Les visages sans expression dans les grosses voitures rouillées se sont refermés autour de moi. Le passage est resté lourd dans la ville. Les monolithes de béton et de verre se profilaient froidement devant eux. Je me suis souvenu comment, de nombreuses années auparavant, ma grand-mère nous avait emmenés, mon bouillonet moi, dans le train de la rive sud de l'Indiana dans le « Loop ». Je n'ai jamais su pourquoi le centre-ville de Chicago s'appelait le « Loop ». Il doit y avoir une boucle quelque part, pensais-je. Ma mère avait parlé de la « Boucle » comme s'il s'agissait d'un lieu mythique qui pouvait êtrevisted pendant une courte période pour une bonne raison. Ma grand-mère était de la société de Chicago. Elle avait été pianiste classique de concert avant d'épouser mon grand-père, Andrew Lee. C'était un immigrant norvégien prospère qui était mort quand mon père était jeune. My grand-mère a finalement épousé un riche propriétaire terrien du nord de l'Indiana. C'est pourquoi ma mère et mon père ont déménagé de Chicago dans l'Indiana. Mon père était originaire du côté nord riche; ma mère a grandi dans un orphelinat à la périphérie ouest de la ville. Je ne comprenais pas pourquoi ils s'étaient mariés en premier lieu, même si je savais que ma mère était une femme attirante avec sa peau claire, ses cheveux châtains et ses yeux noisette.

Ma grand-mère nous avait emmenés, mon frère Tom et moi, sur les voies ferrées, vêtus de sa robe fleurie, de chaussures noires croustillantes et d'un chapeau qui reposait sur ses cheveux blanc platine méticuleusement soignés. Ils descendirent le remblai, sous le pont, et se tenaient à côté des voies où se trouvaient les sassafras qui bordaient le rail contre leur dos. Je me souvenais des odeurs du sassafras, de la créosote sur les traverses de chemin de fer chauffées par le soleil du matin et du parfum coûteux de ma grand-mère. Elle a agité le train vers le bas alors qu'il s'approchait avec les échelles métalliques sur le dessus de la voiture orange jetant des étincelles d'une ligne électrique qui passait au-dessus du centre des rails suspendus par des fils et suspendus à des isolateurs. La grande voiture de verre et d'acier s'est arrêtée comme par magie, et j'ai eu du mal à monter sur la première marche du vieux train depuis le gravier du parcours. Les passagers quiattendaient sur les banquettes recouvertes de vinyle regardaient le trio avec désintérêt alors qu'ils trouvaient des sièges disponibles. C'était une grande aventure.

Le train grondait à travers les bois et les petites villes sales et passait finalement par l'odeur d'œuf pourri desmoulins à stee l. Ils ont débarqué à la station de métro Randolph Street dans le « Loop ». Ma grand-mère aimait faire du shopping à Marshall Fields, un immense grand magasin à plusieurs étages, au pied de l'un des innombrables gratte-ciel. Mon frère et moi étions vêtus desplus beaux vêtements de l'héritier et devions être sur leur meilleur comportement. Je me suis souvenu comment les rafales de vent les renversaient presque lorsqu'ils tournaient un coin sur les cavernes ombragées du trottoir entre le béton cisaillement et le verre alors qu'ils tenaient les mains de leur grand-mère among les foules bousculantes et les klaxons des conducteurs impatients.

Le matin se réchauffait quand le soleil a frappé à travers le verre et m'a aveuglé. J'ai baissé la visière et je n'ai pas levé les yeux jusqu'à ce qu'ils soient protégés. Les voitures étaient pare-chocs contre pare-chocs, s'arrêtant et démarrant, alors qu'elles rampaient en masse vers la ville. J'ai allumé le cadran en caoutchouc de la radio, j'ai appuyé sur le bouton FM et j'ai trouvé une station jouant Led Zeppelin. Finalement, j'ai pensé. J'ai adoré Chicago. Les bâtiments montagneux se sont développés à mesure que la circulation se rapprochait du centre-ville.

Je me souvenais encore comment ma grand-mère nous avait emmenés, mon frère et moi, dans le train de la Rive-Sud , en ville pour acheter un chapeau. Elle aimait montrer ses petits-fils et être de retour dans la ville où elle était à la maison. Ils étaient fascinés alors qu'ils marchaientdans les allées sans fin de l'immense grand magasin Marshall Field avec tous les miroirs et les présentoirs, tandis que leur grand-mère essayait des chapeaux. C'était amusant de se perdre un peu, puis de retrouver le chemin de la section des dames et du coin avec les chaussures, les sacs à main et les chapeaux. Je me souviens d'avoir vu ma grand-mère assise sur la chaise finement rembourrée avec les miroirs à trois ronds encadrés de bois devant elle. Alors qu'ils se faufilaient sur leur grand-mère, ils pouvaient voir ses yeux d'un bleu profond pénétrantqui les hâtaient alors que mon frère Tom et moi nous approchions furtivement. Après une surprise bien feinte, l'élégante dame âgée a fait beaucoup de bruit sur la façon dont ils étaient partis si longtemps et sur l'intelligence avec laquelle ils avaient trouvé leur chemin. Les vendeurs sourient.

Une fois qu'elle a fait son achat et que le chapeau spécial a été placé dans la boîte ronde à chapeau doré doré avec le large ruban multicolore attaché dans un arc en haut, mon frère et moi avons commencé leur appel répété à visiter le Field Museum. La vieille dame savait que l'endroit préféré de ses deux randsonétait le vaste musée d'histoire naturelle à côté de Grant Park le long de la rive du lac. Tom a obtenu le privilège de porter la boîte à chapeaux de fantaisie alors que ma grand-mère hélait un grand taxi à damier jaune jusqu'au trottoir où ils sont montés et sont allés au musée.

J'ai tendu mon cou vers l'avant pour regarder vers le haut à travers le pare-brise de la petite voiture de sport Triumph . Les bases des énormes bâtiments n'étaient visibles que maintenant que lorsque les voitures prenaient les sorties disponibles qui ressemblaient à des gorges profondes entre des falaises abruptes. Je ne pouvais pas voir le sommet des bâtiments alors que je tirais mon cou sur le volant . Je me suis souvenu pourquoi j'avais pensé que les gratte-ciel n'avaient pas de sommets quand j'étais jeune. Les faces blanches dans les voitures sales ralentissaient en lignes pour entrer dans les rampes de sortie à droite et left. Les gros gréements rétrogradaient avec des rugissements étouffés alors que leurs diesels tournaient pour ralentir les énormes transporteurs. J'ai habilement couru d'une voie à l'autre pour éviter les véhicules qui ralentissaient.

J'ai continué à me remémorer des années auparavant, lorsque moi, mon frère et ma grand-mère avons déposé à l'avant de l'immense Field Museum. J'avais regardé vers le haut les énormes piliers de béton soutenant le fronton triangulaire avec les sculptures décoratives en pierre au-dessus de l'entrée alors qu'ils sortaient de la grande cabine jaune. Les larges marches basses montaient jusqu'à des doubles portes en fer massif sécurisées pour accueillir les visiteurs. Une fois à l'intérieur d'une énorme bouche osseuse d'un Tyrannosaurus Rex a accueilli des invités imprudents. Les petites mains qui dépassaient du côté de la cavité squelettique semblaient comiques par rapport au reste de la structure de mise à mort massive d'il y a longtemps. Mon frère et moi avons pris une large couchette autour des os câblés ensemble juste pour être du bon côté. Ils ont marché avec leur grand-mère, lui tenant les mains, pour regarder certaines des expositions naturelles avec leurs reconnaissancesd'habitat avec des animaux empaillés derrière de grandes plaques de verre. Les mammouths poilus et les tigres à dents de sabre partageaient leurs terrariums sans vie avec des hommes des cavernes en fourrure.

Alors que je passais devant la ville énigmatique, tissant la voiture de sport entre les voitures et les treillissur l'autoroute, avec des rayons de soleil aveuglants frappant le pare-brise pendant de brefs instants à travers des fissures verticales entre les bâtiments. L'odeur propre des champs de maïs et des forêts a été surmontée par les gaz d'échappement, les émissions des usines et d'autresodeurs chimiques de la ville. Le ronronnement silencieux et monotone du moteur et des pneus contre la chaussée pendant la majeure partie des deux mille derniers milles était maintenant le crissement des pneus contre la chaussée, le soufflet odieux des klaxons en colère et la pulvérisation des gros moteurs ga soline alors qu'ilsse disputaient leur position légitime dans le cortège sans fin. J'ai saisi le grand volant plat recouvert de cuir avec des jointures blanches pendant que je travaillais adroitement le frein, l'embrayage et le levier de vitesses, répondant aux demandes en dehors de mon coco.

J'ai commencé à me rappeler comment mon frère, Tom, et moi avons commencé notre quête alors que nous étions au musée pour visiter les momies. Mon frère et moi savions que leur grand-mère allait bientôt se fatiguer. « J'ai besoin de me reposer pendant un moment, chéries » , avait-elle dit, « Je vais me reposer dans le café. Vous deux ne partez pas longtemps », a-t-elle averti.

Dès qu'ils seraient libres, l'échange tant attendu commencerait. « Où voulez-vous aller? » « Oh, je ne sais pas. Pourquoi n'allons-nous pas voir les momies, à moins que vous ne soyez du poulet ? ». Je ne suis pas du poulet, tu es du poulet. » « Je ne le suis pas. » Et ils iraient au troisième sous-sol du bâtiment colossal.

Les deux premiers sous-sols avaient des expositions de différentes sortes, et il y avait des gens qui tournaient autour d'ici et là. Les deux garçons se sont frayéun chemin jusqu'à une extrémité du deuxième sous-sol où un étroit escalier en béton faiblement éclairé se profilait de manière inquiétante. Ils ne savaient pas s'ils étaient autorisés à descendre ces escaliers, mais cela le rendait encore plus attrayant. Lentement, les deux frères descendirent l'escalier musqué, l'un poussant l'autre vers l'avant pour ne pas être le premier. La volée de marches descendait dans une tombe où des momies poussiéreuses étaient assises contre les murs de béton et posées sur des tables autour du périmètre de la petite pièce. Mon frère Tom et moi marchions l'un juste derrière l'autre en donnant fréquemment des coups de pied ou en trébuchant sur l'autre par accident. Lentement, prudemment, nous avons fait le tour de la pièce, sautant au moindre bruit. Nous nous sommes glissés sur un étui ouvert avec une momie recouverte de tissu brun exposée à l'intérieur. Les anciens chiffons durcissaient et se fissuraient formant la peau sans vie qui se trouvait en dessous. Nous, les deux frères, nous sommes déplacés comme un seul, coincés ensemble par appréhension, avançant prudemment vers le cercueil sombre. Alors que notre nez regardait par-dessus le bord de l'endroit où l'ancien corps laid; un son, peut-être un grillon ou un autre bruit effrayant, interrompit leur muse délicate et envoya les deux se précipiter hors de la tombe interdite, monter les escaliers en béton sinueux, et à travers les visiteurs surpris du musée jusqu'au rez-de-chaussée. Leurs pieds sesont mariés une fois de plus au soleil, et ils ont rapidement trouvé leur grand-mère assise avec sa tasse de thé dans le coin de la cafétéria de style déco. Je me suis souvenu comment ils s'étaient assis près d'elle alors qu'ils reprenaient leur souffle. C'était un secret entre nous deux frèresseuls.

La circulation s'est allégée à la sortie de la ville. Les grandes et longues boîtes qui se balançaient à côté du petit véhicule où je m'asseyais ouvraient des espaces entre les deux et permettaient à la chaussée en béton de montrer toutes ses fissures et imperfections. Les pneus duT riumph TR4 ont rebondi contre les fissures et les vides de poussée ascendante alors que j'accélérais dans ces espaces ouverts. Les énormes structures verticales du « Loop » étaient derrière maintenant, et la vue déprimante sur le côté sud de Chicago est apparue. Des appartements délabrés jouxtaientl'autoroute avec leurs porches non peints empilés de déchets et d'effets personnels inutilisés. Les cordes à linge couraient de poste en poste d'où pendaient toutes sortes de tissus et de sous-vêtements. Il y avait des vélos et des tricycles le long des trottoirs fissurés, eton pouvait voir de jeunes enfants blask k jouer. Je pensais que les enfants du monde entier acceptaient leur situation sans critique et trouvaient la joie de jouer en toutes circonstances; cela doit être l'une des vérités de notre existence. En vieillissant, nous devenons insatisfaits de notre situation. Les enfants acceptent tout simplement. J'ai ressenti l'injustice. Il fallait faire quelque chose, pensai-je.

Les « projets » se profilaient à ma gauche. Il y avait des appartements en briques à plusieurs étages, rangée après rangée, avec de l'asphalte étouffant la terre entre les deux, interdisant tout from vert à travers. Des fenêtres brisées et recouvertes de contreplaqué par des écaillants parsemaient les premiers étages. Des tas de déchets jonchaient la surface du toit noir.

J'ai été surpris par la réalité lorsque la voiture de sport anglaise a commencé à dériver de la voie alors que je réfléchissais à la scèneà gauche de l'autoroute surélevée. Un camionneur en colère a fait exploser son klaxon alors que mes jointures blanches tiraient le volant dans ma voie. Mon cœur battait la chamade alors que les pneus sifflés fissurés de la grosse plate-forme sale passaient à quelques centimètres de la rame en métal noir et chromé. Les espaces entre les véhicules en mouvement se sont élargis à mesure que leur vitesse augmentait en s'éloignant de la ville. La surface ondulante de la chaussée a fait réagir la suspension serrée de la TR4 immédiatement, et avec précision à mesure que j'augmentais le rythme. Les roues en fil chromé ont été fidèles à la perfection avec la vitesse de rotation croissante permettant au cadre métallique de sembler flotter sur la surface rugueuse.

Les villes rouillées des aciéries ont émergé en avant. Je me suis souvenu de l'odeur des œufs pourris d'il y a longtemps. La stench est devenue insupportable car tout s'est recouvert d'un revêtement rouge-brun et le soleil du milieu de la matinée s'est estompé sous les cheminées. Le soufre dans l'air m'a brûlé le nez. Le paysage monochrome rouillé des magasins et des maisons était soumis aux énormes usines d'acier à ailes apparentes. J'ai senti une dépression inévitable envelopper ce terrain de charbon, de feu et de minerai de fer. J'ai souffert pour ceux qui vivaient dans ce pays. J'étais impatient de passer à travers.

J'ai ralenti dans une file d'attente qui s'est formée aux péages pour la « Skyway »; une structure massive en treillis d'acier qui est passée au-dessus des gares de triage dans Gary. J'ai senti mon cœur monter dans ma gorge alors que je regardais devant moi, j'ai jeté les cinquante cents dans le capteur du péage et j'ai ralenti vers l'énorme pont. Enfant, je me souviens m'être recroquevillé sur le sol de la grande Cadillac '56 de mon père lorsqu'ils passaient au-dessus du « Skyway » lors de leurs rares visites à des parents à Chicago. J'ai croisé des lignes de camions gémissant à basse vitesse en faisant une pente lente et régulière sur la chaussée asphaltée à quatre voies. Lesfermes tridimensionnelles en acier en boîte ont grandi en hauteur à droite et à gauche jusqu'à ce qu'elles ne puissent plus être vues à travers le minuscule pare-brise en verre. Je pouvais regarder les énormes spaghettis des voies ferrées et les wagons qui ressemblaient aux minuscules trains jouets HO avec lesquelsils avaient joué quand ils étaient enfants. J'ai détourné les yeux de la scène sous-jacente alors que mon corps se tendait et que la voiture énergique continuait de grimper. Au sommet, j'ai jeté un coup d'œil au-dessus du précipice de toit noir et d'acier et j'ai regardé de minuscules bâtiments rouillés et les moulins à ailes bello le long du bord du lac sans fin incurvé bleu. Les flèches de cheminée des hauts fourneaux ont explosé comme des aiguilles rugissantes le long des rives du lac. Comme quand j'étais jeune, ma seule pensée maintenant était de descendre et de sortir de la structure craintive.

Une fois Passé Gary, je remarqueque mon odorat s'était atténué par le dioxyde de soufre âcre qui avait imprégné l'air. L'odeur des œufs pourris avait diminué sans être remarquée alors que j'avais traversé la zone industrielle lourde du nord de l'Indiana. J'ai recommencé à remarquer les smells de la forêt et des terres agricoles alors que mon nez se remettait de l'assaut brutal. La forêt dense se refermait sur l'autoroute formant une barrière sombre à la lumière du soleil. Des fossés couverts d'herbe bordaient la chaussée de taches d'hémérocalles jaunes et de lis oranges turcsse prélassaient au soleil et à l'humidité au fond des creux herbeux. Les arbres attendaient patiemment l'occasion de récupérer ces bandes de terrain dégagé. Les parfums dans l'air me rappelaient il y a longtemps. Je m'étais émerveillé de la façon dont une odeur suscitait un souvenir d'un temps et d'une émotion spécifiques. Mon esprit courait avec des souvenirs alors que les odeurs des bois me revenaient précipitamment. La beauté de cet endroit et la majesté des arbres lui semblaient être un rêve, jusqu'à présent. Je suis tombé dans une transe surréaliste, incrédule de la réalité du panorama dont j'étais témoin. J'ai retiré la petite voiture de sport anglaise de la route principale et je me suis arrêté pour plier la toile noire de haut en bas, avec la lunette arrière en vinyle jauni, et je l'ai soigneusement rangée à l'arrière des sièges baquets bronzés. J'ai regardé dans l'obscurité entre les arbres sombres et aboyés avant de retourner au cortège de véhicules qui passaient à toute vitesse. J'étais maintenant capable de lever les yeux vers les arbres imposants alors que l'autoroute coupait un chemin à travers eux. L'air était frais mais agréable. Letoit noir était ombragé, mais alors que le soleil se levait plus haut dans le ciel, les chauds rayons invitants caressaient le visage bronzé de moi pendant de plus longues périodes.

Réunion

L'appréhension grandit alors que je cherchais la route nationale 39, la sortie en direction de La Porte. Mon père vivait à environ cinqmilles au nord de la petite ville et à environ cinq milles au sud de la rive du lac Michigan. Je sentais que même après toutes ces années, la terre redevenait familière pour moi. J'ai rétrogradé après être entré dans la bretelle de sortie. L'échappement chantait son chant de gorge lorsquele moteur tournait pour ralentir. Je me suis arrêté et j'ai payé le péage au kiosque au sympathique préposé qui semblait heureux d'avoir la compagnie. Des acres d'herbe fraîchement tondue entouraient le péage et la grange d'entretien qui se trouvaient à proximité. J'ai accéléré lentementen faisant fondre l'herbe douce et en sentant la chaleur du soleil sur mon visage. Pourtant, je suis devenu tendu à l'idée de voir mon père après toutes ces années. Jusqu'à présent, j'avais été sur la route sans me rendre compte que le voyage allait enfin se terminer, et que je devais faire face à toutes mes incertitudes. Je ne pouvais pas imaginer rencontrer ma belle-mère; Je ne savais rien d'elle. Ma mère était sûre qu'elle était une sorcière. Je me demandais s'il pouvait y avoir de telles personnes. J'ai envisagé de faire demi-tour; peut-être que tout cela avait été une brume. « Non, pensai-je, non. Je suis trop fatigué, et je suis presque à court d'argent, et je veux voir papa; l'enfer avec elle. »

La route nationale 39 au nord de La Porte était un toit noir à deux voies bien entretenu avec une double ligne jaune au centre et des lignes blanches fraîchement peintes le long de l'accotement. De grands champs bordaient la route où les arbres avaient été coupés de nombreuses années auparavant. Loin derrière se trouvaient des lignes droites de maïs et de soja qui poussaient uniformément avec vigueur à partir du sol noir. Les fermes et les cours étaient bien entretenues, ordonnées et belles. Je me suis souvenu quand j'étais jeune à quel point j'aimais rendre visite à mon ami qui vivait dans l'une de ces fermes exquises de l'Indena. Les garçons de la ferme étaient toujours occupés, semble-t-il, mais je les enviais. Les vieilles granges étaient immenses et avaient une odeur musquée riche et puissante. Même les hangars qui abritaient les animaux avaient une odeur pleine de vie. Les grandes fermes étaient généralement blanches avec une couleur de garniture qui la distinguait de ses voisines. Les grandes granges couvertes de gambrel étaient blanches ou rouges, avec une garniture contrastante se reflétant au soleil. Les cours étaient de la terre bien usée ou du gravier emballé qui allait de la ferme à la grange et à ses dépendances. Les gros tracteurs qui étaient assis à l'extérieur étaient des bêtes mécaniques colorées qui attendaient avec impatience de travailler dur pour leurs maîtres. Les rangées interminables de plantes s'étendaient vers le soleil. Les arbres loin derrière les champs défrichés attendaient patiemment de récupérerson espace ouvert.

J'ai quitté l'autoroute à deux voies pour une voie de campagne étroite qui m'emmènerait à la maison de mon enfance. Il y avait de petits champs défrichés où le maïs était planté, mais la plupart des maisons étaient nichées dans des clairières surplombées de noix noire, de chêne blanc ou d'autres arbres indigènes. Les petites cours d'herbe étaient généralement ombragées, à l'exception des taches brillantes éclairées par le soleil. Les arbres surplombaient la chaussée comme une canopée. Les souvenirs d'il y a longtemps en passant par cette ruelle vers la maison l'ont inondé. J'aibrodé beaucoup de maisons et j'ai remarqué à quel point elles avaient peu changé et j'ai rendu visite à des amis du lycée dans certaines de ces maisons. Je me demandais où ils étaient maintenant. Il y avait de nouvelles maisons taillées dans les arbres; ceux-ci se sont démarqués comme une cicatrice. Il faudrait du temps pour que la forêt se guérisse d'elle-même. Je suis passé au-dessus du pont de la voie ferrée de la Rive-Sud. Je me suis arrêté pour regarder par-dessus le côté du petit pont et je pouvais presque voir ma grand-mère, mon frère et moi, attendant d'être pris en charge pour une aventure à Chicago. Le pont ne semblait pas si grand maintenant. J'ai tourné à gauche sur la 125 Est, comme dans un rêve, vers ce qui était autrefois la maison.

La ruelle étroite se terminait sur les côtés en fossés herbeux qui formaient un tampon contre les peuplements d'arbres noirs et rugueux qui empiétaient sur leurs bords. Les feuilles profondes de green ont permis à la lumière du soleil mouchetée de frapper ma tête et mon corps exposés alors que l'air frais et doux pénétrait dans mes narines. Je suis passé devant une petite vieille maison avec un toit affaissé et un bardeau brun que je savais être la maison dans laquelle ma famille avait vécu quand je suis né. Ily avait une grande maison avec de la peinture blanche écaillée et des garnitures partiellement couvertes où deux de mes amis d'enfance avaient vécu. Mon frère et moi avions rendu visite aux deux frères, qui avaient vécu là-bas, et avions joué dans la grange non peinte partiellement vêtue. Les combats d'épis de maïs pourraient durer la majeure partie d'une longue journée d'été. Je suis passé devant la ferme des Valstorff et je me suis souvenu d'avoir marché avec ma mère sur cette route pour qu'elle puisse prendre un café avec Mme

Valstorff. Au-delà de la rangée d'arbres sur ma droite, le trajet vers la maison de style run ch de mon père est devenu visible. J'ai ralenti et j'ai été frappé de voir à quel point la maison était différente de ce dont je me souvenais. Mon père avait planté des arbres autour de la maison nouvellement construite quand j'étais jeune; ces arbres et d'autres que j'avais ensuite plantés avaient poussé pour entourer et ombrager la maison qui avait été refaite avec une finition en stuc de style tuteur. J'ai tourné sur la route de gravier avec l'herbe qui poussait entre les traces de pneus et je me suis lentement dirigé vers l'avant de la maison. J'ai regardé loin sur le chemin qui se terminait par une ouverture noire dans les arbres anciens qui semblaient minuscules à cause de la distance.

Plutôt que de m'arrêter à la maison, j'ai continué le long de ce sentier familier. Mon père avait une pépinière qui couvrait environ dix acres du sol sablonneux qui était communà cette région de l'Indiana. Les grandes dunes de sable le long de la rive sud-est du lac Michigan s'étendaient sur plusieurs kilomètres à l'intérieur des terres et avaient été recouvertes de marais de cristal et de ruisseaux densément boisés. Les fortes précipitations d'un an le long de ce qu'on appelle la « ceinture de neige » le long des rives sud-est des Grands Lacs en ont fait une terre de végétation épaisse, de fleurs sauvages et d'une faune diversifiée. Les semis d'arbres, plantés en rangées droites, avaient le sol sablonneux labouré entre les deux pour garder les mauvaises herbes vers le bas. À côté des brindilles nouvellement plantées se trouvaient des arbres qui avaient atteint quelques pieds et dont le feuillage était coupé en boules rondes denses. Les rangées s'étendaient sur le côté droit jusqu'à un bois d'arbres imposants, et sur la gauche se terminaient par un champ de soja à faible croissance se prélassant au soleil.

L'air était humide avec une douceur qui m'a transporté à une époque d'il y a longtemps. J'ai continué sur le chemin herbeux en m'émerveillant des fleurs des pommiers roses, rouges et blancs qui fleurissaient avec une vitalité sans retenue. J'ai croisé une rangée de noyers noirs qui avaient été laissés entre le champ avant et une plus petite clairière derrière qui avait été plantée de pins sylvestres, quand j'étais jeune, pour être vendus comme arbres de Noël. Ceux-ci avaient été autorisés à pousser et étaient maintenant grands et épineux becautiliser qu'ils ont été plantés si étroitement ensemble. La lumière du soleil était complètement ombragée sur la voie entre ces arbres de Noël envahis par la végétation. L'odeur antiseptique du pin l'emportait sur tous les autres parfums. Une mouche à chevreuil a commencé à flécher autour de ma tête alors que je rampais lentement le long du sentier rarement utilisé aplatissant l'herbe avec les pneus sur les roues en fil chromé brillant. Je me suis rapidement souvenu de ces insectes menaçants d'il y a longtemps. Plus petits qu'un taon, les cerfs étaient incroyablement rapides, à la recherche d'un morceau de chair nu pour se débarrasser et sucer le sang. Une fois qu'il avait trouvé une victime potentielle, le cercle ne cessait pas jusqu'à ce qu'une morsure soit faite. J'ai attrapé un chapeau derrière le siège passager et je l'ai tiré vers le bas loin sur mon front exposé.

Le tunnel fermé à travers les pins s'ouvrait surune petite clairière qui avait été récemment tondue. Le soleil éclatant illuminait la petite voiture qui avait un film brumeux recouvrant son revêtement noir brillant. Je l'ai remarqué pour la première fois et j'ai fait le vœu de nettoyer la voiture de fond en comble à la première occasion. J'ai arrêté la voiture, j'ai senti le moteur s'arrêter avec gratitude après tous ces kilomètres interminables.

J'ai ouvert la porte mince, j'ai mis un pied dehors, puis l'autre. J'ai attrapé la porte pour m'aider à se tenir debout. Mes jambes étaient affaiblies par l'atrophie de m'asseoir sur le minuscule siège en cuir et de ne travailler que l'embrayage, l'essence et le frein ces derniers jours. J'ai senti des épingles dans mes mollets alors que le sang se précipitait dans les muscles inutilisés. J'ai pris une profonde inspiration, j'ai fait quelques flexions profondes des genoux, j'ai fait un balayage inefficace sur la mouche à chevreuil, und a commencé à marcher vers le ruisseau. Quand j'étais jeune, nous l'avions appelé le « crick ». J'ai marché le long de la grande prairie fraîchement tondue qui menait à une prairie ouverte le long de la voie navigable sinueuse. J'écoutais le ruisseau babiller son histoire incessante sans se soucierde savoir si quelqu'un était là pour y prêter attention. J'ai écouté la même histoire triste comme si je n'étais pas partie huit ans auparavant . Je me suis approché de la rive herbeuse en surplomb pour regarder vers le bas dans l'eau scintillante qui coulait rapidement alors qu'elle se précipitait sur un banc de sable et que vouscoupiez le talus éloigné. Une grenouille léopard a cessé de croasser et s'est glissée dans une piscine immobile le long du bord de la rive. La lumière du soleil brillait sur des ondulations répétitives qui se formaient dans un cortège sans fin de flux et m'aveuglaient temporairement alors que je regardais, écoutais et reminiscaissais. Une écrevisse brun rougeâtre marchait sur ses pattes d'araignée le long du fond ondulé alors que sa queue blindée segmentée formait une traînée sablonneuse dans l'eau claire qui coulait.

Le temps est passé inaperçu. Je me suis souvenu comment mon frère Tom et moi grimpions sur les chênes et les noyers aussi haut que les branches nous tenaient. J'ai été surpris que cette terre magique lui rappelle encore le bois de cent acres de Winnie l'ourson; Je n'étais tout simplement plus Christopher Robin. Le ruisseau murmurait une sagesse ancienne profonde que je ne pouvais tout simplement pas tout à fait comprendre. Il suffisait de savoir que les réponses étaient toujours là parmi l'herbe, les fleurs et les arbres, mais différentes de la sagesse colorée qui lui était parlée alors qu'il était dans le désert sous LSD ou mescaline. J'étais submergé d'émotion alors que le passé l'inondait.

Le soleil passait vers l'ouest projetant des ombres plus longues sur la prairie avec le ruisseau qui serpentait sous ses remblais herbeux. Mes Levi's étaient mouillés de s'asseoir dans l'herbe sur l'un de ces monticules. L'immobilitéde ma méditation avait permis aux oiseaux et aux grenouilles de reprendre leur symphonie vocale. Quand je me suis déplacé pour me dégourdir les jambes et tirer le pantalon serré vers le bas de mon entrejambe, le refrain a cessé. J'étais une fois de plus un intrus dans ce monde privé. Je savais que je devais retourner à la maison pour voir mon père et rencontrer ma belle-mère. J'ai eu une paix de mon temps à cet endroit qui lui a donné la force de faire face à l'inconnu. J'étais content d'être venu ici. Cet endroit spécial ne l'avait jamais vraiment quitté. Je suis retourné résolument à la petite voiture sale qui l'avait emmené sur plus de deux mille kilomètres. Il était assis dans la clairière sur l'herbe comme un ami en qui on pouvait avoir confiance. Je me suis assis sur le siège baquet en cuir bronzé et j'ai glissé mes jambes vers l'avant dans la ligne de compartiment restreinted avec un rembourrage à poil court. J'ai tourné la clé et appuyé sur le bouton de démarrage en bakélite. Les quatre cylindres ont sauté dans l'ordre et se sont installés dans un ralenti facile. Je suis retourné lentement à travers les pins vers l'ouverture ensoleillée à l'extrémité. La canopée de feuilles s'est ouverte pour révéler les rangées de différents types d'arbres d'ornement et de semis d'arbres à ma droite et à ma gauche. Je me déplaçais lentement en regardant les espaces entre les jeunes arbres et remarquai une silhouette accroupie sur une brindille de semis occupée à la concentration. J'ai arrêté la voiture, je suis sorti et j'ai commencé à marcher vers la silhouette. En m'approchant, je pouvais voir que l'homme portait une combinaison de canard brun, une chemise à carreaux et portait des bottes de travail hautes. Il avait un chapeau à bords courts en tissu bleu qui était tiré vers l'avant sur sa tête alors qu'il regardait attentivement le semis de l'arbre pendant qu'il effectuait une intervention chirurgicale. Je m'arrêtai silencieusement; l'homme perdit de sa concentration et assista à la procédure. Ses petites mains avec des taches brunes sur le dos, presque comme des taches de rousseur, tenaient adroitement le couteau d'un chirurgien entre son index et son pouce. Le semis nouvellement planté mesurait environ six pouces de haut. Une incision a été faite d'environ un pouce de long verticalement dans la cambia, ou écorce, du semis. Le long du sommet de cette incision verticale, un incision horizontala été fait à peu près à mi-chemin autour de la minuscule tige. Il a ensuite sorti une brindille de sa poche arrière, a ramassé le couteau à rasoir et a fait une coupe oblongue autour d'un bourgeon qui se trouvait juste au-dessus d'une feuille qui avait été coupée. Ce bourgeon a été soigneusement décollé de la brindille révélant un minuscule morceau de papier demi-rond de plante vivante. Il a ensuite pris mon couteau et a ouvert les rabats sur le semis dans le sol et a glissé ce bourgeon sous la cambia. Il prit habilement un morceau de caoutchouc rose plat, tint une extrémité au fond et l'enroula autour de l'incision, en prenant soin de ne pas blesser le bourgeon vivant qui dépassait entre les rabats. L'homme agenouillé a ensuite enveloppé le caoutchouc au-dessus de l'incision et a habilement tiré l'extrémité lâche de la bande sous l'une des enveloppes pour la fixer. Il se redressa, posa ses mains derrière le petit de son dos et recula pour s'étirer. J'ai alors levé les yeux et je l'ai vu se tenir silencieusement à proximité. Il se leva lentement, regarda et dit: « Jim? »

« Salut, papa. » J'ai répondu. Les deux se regardèrent silencieusement pendant ce qui semblait long. « Mon Dieu, tu as changé. » Dit papa. « Ça fait longtemps » « Quand es-tu entré? » « Il y a quelques heures. Je suis retourné au ruisseau et je me suis assis pendant un moment. « Alors, Virginia ne sait pas que vous êtes ici? » « Non, je ne me suis pas arrêté à la house. » « Elle s'est inquiétée pour vous. La dernière fois que nous avons entendu dire que vous aviez quitté Los Angeles, quoi, il y a trois jours? » Papa a réprimandé doucement. « Avez-vous appelé votre mère pour lui faire savoir que vous êtes ici? » « Non. » « Vous devez faire cette première chose après que je vous ai présenté Virginia. » Il a cessé de parler, m'a regardé attentivement dans les yeux et a dit: « C'est vraiment une gentllle dame que vous connaissez. » Je n'ai pas répondu mais j'ai baissé les yeux. « Eh bien, nous avons certainement beaucoup à rattraper, je ne sais pas par où commencer. » Mon père a brossé le sable des plaques de genou de sa combinaison brune, a poussé le chapeau de tissu sur son front patiné et a souri pour la première fois alors qu'il regardait hors des yeux bleus profonds qu'il avait hérités de sa mère. Ils sont revenus le long de la rangée de minuscules plants d'arbres qui ontdes élastiques roses attachés à leurs bases. Le soleil passait derrière les bois à l'ouest, ombrageant la majeure partie de la pépinière quand ils sont arrivés à la petite voiture de sport noire souillée qui se trouvait dans la ruelle.

« C'est sûr que c'est une jolie machine. » Papa m'a dit avec approbation. « C'est une Triumph TR4 '63. Je l'ai reconstruite juste avant de quitter la maison. Triumph était une entreprise anglaise de tracteurs avant de commencer à fabriquer des voitures. Le moteur et le cadre sont toujours construits comme un tracteur. J'ai eu des pistons et des manchons de cylindre qui l'ont amenée d'un 1600cc à une cylindrée de 2000cc. J'ai un ami dont le frère possède un atelier d'usinage à Burbank et court des voitures de Formule Un. Je me suis dirigé vers les ateliers qui font du travail de machine pour les Ferrari et McClellan que son frère pilote. J'ai des vannes en acier chromé et des guides de vanne en bronze silicium », je me suis arrêté au milieu de la phrase quand j'ai levé les yeux pour voir papa essayer de ne pas avoir l'air perplexe. Je me suis souvenu que mon père n'était pas mécanicien automobile. « J'y ai fait des choses spéciales. » J'ai fini maladroitement. « Il doit être nettoyé. »

« Eh bien, nous aurons tout le temps de regarder cette machine. » Dit papa. Alors qu'ils commençaient à marcher ensemble dans la ruelle herbeuse, comme s'ils répétaient, papa a posé ma main sur mon épaule, soigneusement, pas sûr de la réponse que j'obtiendrais. J'ai senti les larmes commencer à monter derrière mes yeux. J'ai enfoncé un ongle avec force dans ma paume, jusqu'à ce que la douleur laisse passer l'émotion. Ils passèrent silencieusement devant la grande dentelle blanche de la reine Ann et l'asclépiade qui s'étaient échappées de la tondeuse. L'air frais de la fin d'après-midi était comme un tonic. Ils pouvaient entendre le vent souffler au-dessus du bruissement des feuilles au sommet des arbres. Ils marchaient lentement, inconfortablement, sur le sol sablonneux entre les touffes d'herbe passant par les fleurs parfumées bourdonnant d'insectes dévorant fiévreusement le nectar. Papa avait glissé sa main de mon épaule confus par le silence.

« Les arbres sont cool. » Je l'ai enfin remarqué. « Les crabes sont spectaculaires lorsqu'ils sont en fleurs. La floraison est de courte durée mais les pommes de crabe qui se forment à la fin de l'été sont d'un rouge profondet très voyantes. Les oiseaux adorent les manger. Papa a répondu. « Nous faisons sortir beaucoup de gens de Chicago qui les achètent. Nous facturons une prime à ces gens de Chicago », a-t-il gloussé.

J'ai souri. J'avais le sentiment profond qu'il y avait un lien du sang qui coulait épais et qui coulait dans nos veines qui était immuable. Je me suis souvenu de la nostalgie de mon père que j'avais en grandissant. Maintenant, alors que je marchais avec lui, il y avait une émotion surréaliste que j'avais peur de ne pas pouvoir retenir. Je me suis arrêté, j'ai repris mon souffle, j'ai serré mes mains dans des poings serrés et j'ai fermé les yeux. Papa s'est arrêté quelques pas en avant, s'est détourné et m'a laissé avoir mon temps. Je me suis essuyé les yeux, j'ai sorti mon mouchoir de ma poche arrière et je me suis mouché. J'ai pris une profonde inspiration et, d'une voix brisée, j'ai dit: « Je me demande ce qu'il y a pour le souper, je suis affamé. »

La maison en forme de « tee » de style ranch de taille moyenne que mon père avait construite, avant que je commence l'école secondaire, est apparue sous la canopée des arbres qui l'entouraient. Il avait une finition en plâtre rugueux de couleur beige avec despoutres décoratives teintées brisant les murs dans le style tuteur. Il y avait une immense baie vitrée donnant sur le côté à l'extrémité proche qui était en vogue à la fin des années 50. En dehors du long côté de la forme « tee » a été construit avec des traverses de chemin de fer dans un patio qui a été filed avec des briques brunes. Les traverses de chemin de fer se sont formées à partir du patio et ont créé des plates-bandes remplies de plantes à fleurs soigneusement disposées. Des jonquilles jaunes avec des trompettes blanches, des tulipes rouges, roses et blanches et des jacinthes violettes dotted la terre noire dans les lits. Papa et moi avons remonté la traverse de chemin de fer sur le patio en briques. Papa a ouvert la porte d'entrée verte émaillée , est entré et a appelé: « Virginie, Jim est là! »

Je suis entré derrière papa dans la petite entrée qui était richement lambrissée de panneaux de chêne finement finis. Un petit lustre pendait du plafond en plâtre lisse en ivoire et illuminait une petite table antique qui avait des figurines en porcelaine et un pot en sachet plein de pot-pourri parfumé. Devant se trouvait une table à manger ronde en érable avec des chaises assorties. Sur celui-ci a été posé un tissu de salle à manger nouvellement blanchi avec un vase de jonquilles au centre. Quand je suis entré dans la salle à manger, j'ai remarqué une peinture sur le mur d'une vieille femme remuant un pot sur un poêle en fonte accroché au mur. Le woman n'avait pas de visage; la peinture n'était pas terminée. Papa est venu à l'endroit où je regardais le grand tableau. « Je vais finir cela un de ces jours », a-t-il dit, « J'ai essayé de copier le style des anciens Maîtres, mais les diables sont dans les détails. » « On dirait grand-mère », remarquai-je en regardant toujours la toile épaissement peinte.

Virginia entra de l'arrière-salle dans la cuisine en fixant toujours ses longs cheveux blonds épais et magistralement dans un chignon décoratif sur le dessus de sa tête. Elle portait une robe simplequi ne pouvait pas cacher ses seins amples et les courbes de son corps. Elle avait un visage ovale parfaitement proportionné avec des pommettes proéminentes et un nez pointu avec une légère bosse angulaire qui n'enlevait rien à sa perfection. J'ai été frappé par saprésence exagérée quand elle est entrée dans la salle à manger, m'a regardé avec confiance, s'est arrêtée et a dit: « Mon, tu ressembles tellement à ton père. » « Bonjour » j'ai commencé à hésiter, « C'est agréable de te rencontrer », oubliant l'épaule froide répétée que je devais avoir dépeinte. Virginia le regarda avec curiosité. « Tu ressembles aussi à ton père. »

« Eh bien, » commença papa, « Dînons. Jim n'a pas mangé, et ça a été un long voyage, n'est-ce pas? » « Ça a été un long voyage, c'est sûr. » J'ai répondu en souriant faiblement. Virginia, maintenant de retour aux commandes, a dit: « Jim, je vais te montrer où se trouve ta chambre. Vous devrez nettoyer avant le dîner, chérie. Ralph chéri, sortez et attrapez ce panier de légumes verts que j'ai cueilli plus tôt. Moi, je veux que Jim prenne un bon repas après son voyage. Cher, vous devrez tout me dire à ce sujet. Je suis très heureux que vous nous rendiez visite. Ok maintenant, vous vous dépêchez tous les deux pour que nous puissions manger. J'ai un rôti au four qui devrait être fait bientôt. Aimez-vous le porc, ma chérie? » Sans attendre une réponse, elle a précipité leshommes déconcertés à leurs tâches et a commencé à s'agiter dans la cuisine, qui avait des arômes de cuisson qui me faisaient involontairement commencer à saliver.

Virginia m'avait fait un lit dans la tanière qui était une petite pièce avec une porte qui menait au garage sur le mur du fond. Il y avait un bureau dans le coin avec des papiers, des crayons et des stylos disposés de manière méthodique. À côté se trouvait une table qui avait de l'artisanat à différents stades d'achèvement ainsi que des matériaux et des colles utilisés. Le lit avait des draps frais et unecouette soigneusement pliée à son pied. J'ai senti l'odeur musquée familière d'une maison qui vivait dans un environnement humide . Je me souvenais de l'odeur terreuse même si j'avais vécu pendant tant d'années dans l'air sec du désert du sud-ouest. Ce n'était pas désagréable; It était un autre de ces parfums qui ont apporté des sentiments oubliés depuis longtemps inondant ma conscience. J'ai recommencé à me sentir comme un petit garçon dans cette maison.

Je me tenais sous la douche et laissais l'eau chaude couler sur mon visage alors que je fermais les yeux presque en transe. J'ai senti les années s'écouler avec l'eau gargouillante. Jusqu'à ce moment-là, je n'avais pas pris conscience de la crasse de la route mélangée à la transpiration qui recouvrait mon corps. Ce n'est qu'après m'être brossé les dents et les cheveux et tiré une paire propre de Levi's délavés et un tee-shirt sur mon corps que je commence à me sentir à nouveau comme lui-même . J'ai senti la force revenir dans mes membres; l'esprit aventureux a repris le contrôle de moi. J'étais maintenant capable de rencontrer tout ce qui me confrontait. « Dieu ai-je faim », me suis-je dit.

Je me suis promené dans l'arrière-salle à travers la cuisine qui avait des casseroles et des poêles en cuivre suspendues à une grille au-dessus de la plaque de cuisson à côté des deux fours intégrés. L'évier était centré sur une grande baie vitrée qui donnait sur les parterres de fleurs au-delà du patio. Le ciel avaitun rouge rosé alors que le soleil tombait vers la cime des arbres. L'arôme somptueux des aliments qui avaient été cuits était lourd et délicieusement écrasant. Virginia était occupée à la table à manger à organiser des plats de service en céramique qui s'asseyaient sur des dais décoratifs en métal pour empêcher la chaleur d'endommager la dentelle au centre de la table ronde. « Mangeons ! » chanta-t-elle.

Je marchai lentement, prudemment, dans la salle à manger et me tenais derrière une chaise de l'autre côté de la table. Papa est entré de l'arrière-salle, « J'espère qu'ily aura assez de feuilles d'épinards, peut-être que vous auriez dû en cueillir d'autres. Je suis sûr qu'il y en aura beaucoup, chérie. Chérie, assieds-toi. Vous devez être affamé. Mon, tu es un beau garçon. Ralph, asseyez-vous, commençons. J'ai fait des pommes de terre festonnées et des carottes fraîches à la crème pour vous de notre jardin. Ici, commencez par une partie du rôti de porc. Jim, mets une partie de la salade dans ton bol. Déplacez les pommes de terre près de lui. Aimez-vous les pommes de terre festonnées chéries? » « Pour l'amour de Dieu, laissez le garçon se détendre pour un minute Virginia. » Papa s'est évanoui. Virginia sourit timidement à papa et dit: « Oui ma chérie », elle me fit un clin d'œil.

Je me suis souvenu quand j'étais jeune que mon père avait été très strict sur les manières de table de ses enfants. On leur avait enseigné toutes les manières correctesdu style continental. J'ai regardé mon père qui l'a regardé attentivement pendant que je pliais soigneusement la serviette en tissu sur mes genoux, puis j'ai utilisé les ustensiles de service pour placer soigneusement la nourriture dans mon assiette dans un motif symétrique. Papa regarda attentivement uns j'ai pris ma fourchette dans ma main gauche, mon couteau dans ma droite, et j'ai coupé le porc en morceaux de la taille d'une bouchée. Bien que le style anglais consiste à tenir la fourchette dans la main droite et à couper avec la gauche, la procédure continentale nécessitait que la fourchette soit retournée à la main droite après la coupe de la viande . J'ai donc pris la liberté de couper plusieurs morceaux de viande à la fois avant de retourner la fourchette à ma main droite pour manger. J'ai levé les yeux du coin des yeux vers papa qui regardait ma technique, etfinalement satisfait, papa a signalé son approbation et a commencé à manger.

J'ai regardé le gobelet de lait qui était placé derrière mon assiette et cela a déclenché un souvenir de quand j'étais jeune. Le dimanche, après l'église, ma mère préparait notre repas du dimanche. C'était leplus formel de leurs repas à la maison et papa serait particulièrement important que mes enfants se comportent correctement à table. Ma sœur aînée approchait de l'adolescence et mon plus jeune frère était encore à l'école maternelle. Une fois la table dressée, chacun avait un gobelet de lait placé traîtreusement près derrière ses assiettes. Les tasses oblongues en verre étaient placées de manière précaire sur une tige qui ressemblait à une série de bulles de verre placées les unes sur les autres. Les gobelets ont semé la peur chez chacundes quatre enfants et de notre mère. Au fur et à mesure que le repas avançait, chacun était concentré sur le fait que les gobelets de lait ne devaient pas être renversés. C'est devenu la principale préoccupation du repas, car papa mettait en garde ses enfants: « Ne parlez pas la bouche pleine », ou « Tenez votrefourchette correctement », ou « Ne tendez pas le dessus de l'assiette de votre frère, demandez-lui de vous passer le plat de service ».

C'était une course contre la montre. Pourraient-ils passer un repas du dimanche sans qu'une catastrophe ne se produise? Inévitablement, une main, un bras ou un plat négligent déplacé trop bas clignotait sur un gobelet, et le lait se répandait sur le linge de table en lin blanc et sous les plats de service. Au début, il y avait un silence pendant que les respirations étaient retenues et l'espoir était que cela passerait sans incident. « C'est bon chérie », avait consolé mon mo ther. « Ce n'est pas correct », rugit papa, « Ne pouvons-nous pas passer un repas du dimanche sans que quelqu'un renverse le lait? » « C'était un accident », objecta docilement ma mère. Papa s'assit maussade. Moi, mes frères et ma sœur, et ma mère étions assis les yeux baissés. Lerepas s'est terminé en silence.

Je me souviens d'être assis à la table à manger d'il y a longtemps. J'ai levé les yeux vers le gobelet rempli de lait et j'ai envisagé de renverser le gobelet, ici et maintenant. Un sourire s'enfonça dans les muscles de mon fac e fraîchement lavé. J'ai levé les yeux vers papa qui me regardait attentivement. Il semblait savoir ce que j'avais pensé. J'ai regardé mon assiette avec un visage honteux. J'ai laissé tomber le sourire, j'ai ramassé le gobelet et j'ai pris un long tirage du lait blanc frais. « La nourriture estexcellente », ai-je dit après avoir avalé. « Je suis contente que tu l'aimes chérie » , répondit Virginia, « ai-elle plus de pommes de terre », dit-elle en me passant l'assiette. J'ai pris l'assiette et, avec la grande cuillère de service en argent, j'ai empilé les tranches de pommes de terre dorées avec du sauce crémeux sur un coin de mon assiette. J'ai essayé de manger lentement et d'obéir aux bonnes manières de table, mais j'ai vite oublié toutes les bonnes manières et j'ai commencé à manger avec abandon. Je n'ai pas parlé. J'ai levé les yeux vers Virginia qui était radieuse que sa nourriture était si appréciéequ'elle était apparemment incapable de manger elle-même tout en regardant mon enthousiasme. Alors que mon ventre commençait à se remplir, j'ai ralenti, j'ai posé les broches de ma fourchette sur le bord de mon assiette avec la poignée reposant sur le tissu de réglage de l'endroit, je me suis assis sur ma chaise et j'ai levé les yeux vers papa et Virginia avec un sourire satisfait.

« La dernière fois que la nourriture a eu un goût aussi bon », ai-je commencé, « c'était quand je me suis arrêté dans les Ozarks il y a quelques jours. » J'ai regardé mon père et ma belle-mère qui montraient un grand intérêt, alors j'ai continué: « Je n'avais pas beaucoup mangé de quoi que ce soit depuis que j'aieft LA. Je suis sorti de la route principale et j'ai roulé dans de belles collines d'arbres et de prairies jusqu'à ce que j'arrive sur une petite ville nichée dans un creux au bout de la route. « Allez-y chérie, ça a l'air tellement intéressant. Vous êtes-vous arrêté pour manger? » Virginia m'a encouragé. « Je me suis arrêté dans un petit restaurant qui avait un trottoir en bois recouvert d'un surplomb. Quand je suis entré, j'ai vu la chose la plus inhabituelle », j'ai levé les yeux pour voir si mes auditeurs étaient engagés dans mon histoire. « Insolite, hein? » Papa a commenté: « Qu'as-tu vu? » «Quand je suis entré, continuai-je, j'ai remarqué quelque chose d'assez choquant , je me suis arrêté pour avoir de l'effet, « quand je suis entré, tous les gens, et il y en avait peut-être dix ou quinze, ils se ressemblaient tous. Je veux dire qu'ils se ressemblaient tous. Aucun d'entre eux n'aurait pu mesurer plus de cinq pieds de haut, ils avaient tous les cheveux blonds sableux et ils avaient tous la tête carrée avec une sorte de nez de carlin. Papa et Virginia m'ont écouté attentivement pendant que je continuais : « C'étaient les gens les plus gentils que vous puissiez rencontrer. Quand je suis entré, tout le monde s'est tourné pour me regarder, a souri et semblait vraiment heureux de me voir. J'ai essayé de cacher ma surprise face à cette scène inhabituelle ; étant de Los Angeles, je ne suis pas habitué à ce que quelqu'un soit très amical », ai-je ri.

Papa et Virginia ont attendu silencieusement que je continue " Je me suis assis à une table et cette serveuse est sortie de l'arrière qui mesurait probablement moins de cinq pieds de haut et environ quatre pieds de large. » Papa a ri: « On dirait certaines des serveuses que j'ai vues ici! » « Oh papa, vraiment. » Virginia grogna. Papa a rencontré mes yeux et ils ont partagé un sourire. « Le spécial de la journée était les côtelettes de porc, alors c'est que j'ai commandé. » J'ai continué. « Je me suis assis à l'une des tables rondes qui avait une nappe à carreaux rouge et blanc avec des salières et des poivrières en cristal et un porte-serviettes en argent disposé symétriquement en soncentre. Le soleil brillait à travers les fenêtres en bois divisées de l'est. Les fenêtres avaient les mêmes rideaux à carreaux rouges et blancs qui correspondaient à la nappe. La chambre avait une atmosphère propre et accueillante. Le reste des clients étaient assis au comptoir, et j'avaisl'impression que leurs sièges étaient leur propre propriété, si vous voyez ce que je veux dire. J'ai regardé papa et Virginia pour voir s'ils suivaient mon histoire. « Mon, ça sonne comme un bel endroit », a commenté Virginia, évidemment prise avec la description des rideaux et de la nappe assortis. Mais étrange « , a ajouté papa, « continuez », a-t-il dit.

« Eh bien, les hommes au comptoir, il n'y avait qu'une seule femme si je me souviens bien, assise avec leurs pieds pendants sur d'épaisses jambes courtes. Je peux encore les imaginer en train de regarder leurs amisqui me sourient comme s'ils voulaient me dire quelque chose ou s'attendaient à ce que je leur dise quelque chose. Vous devez vous en souvenir; Je venais de parcourir environ mille kilomètres et je n'avais pas beaucoup mangé pendant cette période ». Papa et Virginia étaient évidemment absorbés par le story, alors j'ai continué, « la serveuse courte et large s'est dandinée vers moi portant une énorme assiette de côtelettes de porc, de purée de pommes de terre, de pois et une courge orange foncée avec un peu de sucre brun saupoudré dessus. J'avais tellement faim, excusez-moi », ai-je dit en regardant Virginia, « J'avais tellement faim que j'ai commencé à saliver avant qu'elle ne dépose l'assiette. Quand j'ai ouvert la bouche pour la remercier, de la salive est sortie de ma bouche sur la nappe. Avez-vous déjà eu cela? J'ai continué sans attendre une réponse: « J'avais tellement faim quel'estomac a commencé à grogner de manière audible; c'était embarrassant. « Mon », s'exclama Virginia. « Allez-y » dit papa.

« Je ne sais pas si c'était parce que j'avais tellement faim ou quoi, mais je jure que c'était la meilleure nourriture que j'ai jamais mangée. Après avoir presque fini les trois grosses côtelettes de porc et les légumes, la serveuse était là avec une autre assiette pleine comme la première. Je commençais à être rassasié, mais j'ai creusé dans cette assiette avec la même férocité que j'avais avec la première. C'est alors que je fourrais le dernier morceau de nourriture dans ma bouche, mon ventre se distendait, que j'ai levé les yeux pour voir un spectacle des plus déconcertants. Papa et Virginia regardèrent fixement alors qu'ils attendaient avec impatience qu'il continue. « J'ai levé les yeux », ai-je continué, savourant l'attention, « et j'ai vu que tout le monde au comptoir avait roulé sur leurs chaises pivotantes et qu'ils me regardaient avec le même grand sourire sur leurs larges visages plats avec leur nez de carlin. Ils ont dû remarquer que j'étais surpris, car ils ont immédiatement perdu leur sourire et ont commencé à détourner le regard. J'ai pensé rapidement et saide, « C'était la meilleure nourriture que j'ai jamais mangée », et ce n'était pas un mensonge. Ils ont immédiatement fait irruption dans les plus grands sourires qui m'ont rappelé un groupe de chats du Cheshire dans 'Alice au pays des merveilles'. Leurs sourires étaient si contagieux que j'ai senti les muscles de mon visage s'étirer dans le même sourire idiot. Quand je suis parti; J'étais tellement rassasié que je pouvais à peine me lever, ils se sont tous levés de leurs chaises de comptoir et m'ont suivi jusqu'à ma voiture et m'ont souhaité le meilleur. Je me souviens de tout le petit groupe d'entre eux qui me faisaient signe à travers le rétroviseur alors que je descendaislentement la voie ombragée pour retourner sur l'autoroute principale. « Eh bien, c'était toute une histoire », a déclaré papa, peut-être un peu déçu de la fin après la grande accumulation. « Mon Dieu, » soupira Virginia, « quel voyage intéressant. Quelqu'un pour la pomme chaude crisp? »

Immédiatement, la porte d'entrée, immédiatement à la table à manger, s'est ouverte et, d'une voix bruyante , a crié: « Hé, j'entends que ce gamin de Californie est ici. Oh, ça doit être toi avec tes longs cheveux et tes sandales », dit-il en me regardant.

« Salut maman », et avec cela a traversé la pièce, et a donné à sa mère un baiser sur la joue. J'ai arrêté le silence et, avec un grand sourire, j'ai dit: « Je parie que vous ne savez pas qui je suis? »

J'ai regardé la grandesilhouette s lim avec les cheveux brun foncé touffus et les yeux bruns clignotants avec un sourire espiègle exposant un ensemble complet de dents blanches: « Je ne peux pas dire comme moi, mais je devine par le manque de manières et la timidité évidente, que vous pourriez être Steve. »Bon sang, je le suis, et tune l'oublies pas »,a-t-il riposté. La dernière fois que je t'ai vu, tu étais une grosse petite tête d'orteil avec une coupe de cheveux butch. « Asseyez-vous! » Papa a lâché: « Steve, respirons-nous, n'est-ce pas? Jim, c'est Steve. » Et avec l'introduction, Steve se pencha de l'autre côté de la table, ma main musclée tendue vers moi. Ils serrent les mains, chacun enroulant ses doigts autour du pouce de l'autre, cimentant ainsi leur confiance mutuelle de l'autre. « Qu'est-ce qu'il y a pour le dessert, maman? Sent le cordonnier. Et toi Jim, tu es prêt pour un cordonnier aux pommes renommé du comté de maman? » Steve a appelé. « C'est croustillant aux pommes, et merci pour le compliment chéri », Virginia s'est penchée et a donné un baiser à Steve sur la joue.

« Comment se passe la recherche d'emploi Steve? » Demanda papa avec désinvolture, essayant de régler les procédures . « Oh, ça. Ils ne connaissent pas un homme bon quand ils en voient un. Je ne sais pas comment ils restent en affaires dans cette usine. Vous savez ce que le contremaître a dit? J'ai dit que tous les vétérinaires qui revenaient de 'Nam sont des toxicomanes, ils ont dit qu'ils n'étaient rien d'autre que des ennuis, shit. » « Steve, ta langue! Depuis que tu es rentré de l'étranger, je ne sais pas ce que je vais faire de toi. » Virginia gronda en apportant la pomme croustillante à la table dans de petits bols en porcelaine anglaise bleue et blanche. Elle déposa la vaisselle devant troishommes avec cérémonie et attendit leurs compliments. « Maman, ma langue est la moindre des choses. » Steve a déclaré doucement, soudainement gêné après mon habillage. « Eh bien, cela a l'air merveilleux » Papa est entré par effraction, « tu t'es surpassé cette fois Virginia. »

J'ai regardé le plat fin avec la pâte froissée recouvrant la pomme jaune chaude d'une sauce sucrée , avec de la crème autour du périmètre. « J'ai hâte d'essayer ça. » J'étais d'accord avec papa. Les quatre mangeaient en silence en savourant chaque petite bouchée jusqu'à ce que les bols soientpropres. « C'était une bonne mère, je suis désolée pour ma langue. » Steve a fait remarquer. « Pas un autre mot chéri », apaisa Virginia en se penchant pour donner à Steve un autre baiser sur la joue.

J'ai regardé papa et papa m'a jeté un coup d'œil averti. Il s'est retrouvé: « Vous souvenez-vous de cette boîte de vers que je vous ai échangée contre votre cochon d'Inde? » Dit Steve. « Ouais, je me souviens. Je ne voulais pas échanger en premier lieu. Nous pouvions descendre chez les Pagel et creuser autant de chenilles de nuit dans leur enclos à cochons que nous le voulions, et j'aimais lecochon d'Inde », ai-je répliqué. « Ouais, eh bien, ce cochon d'Inde est mort de toute façon », a répondu Steve. « Ouais, vous l'avez probablement laissé mourir. Ces vers se sont asséchés. Avec cela, les deux demi-frères ont éclaté dans un rire chaleureux jusqu'à ce que leurs yeux larmoyants.

« Mon, je pense que nous devrions quitterla table, vous deux allez casser quelque chose. » S'exclama Virginia. Papa sourit aux deux en voyant qu'ils s'entendaient si bien. « Prenons un café dans le salon. » Alors qu'ils se levaient tous, Virginia a commencé à nettoyer la table. Steve a automatiquement commencé à l'aider. Papa et moi sommes entrés dans le salon. Il m'a regardé avec inquiétude. « Steve vient de rentrer du Vietnam depuis quelques mois. Nous sommes inquiets pour lui. Il n'en parlera pas, mais je pense qu'il a besoin d'aide », m'a-t-il chuchoté. J'ai regardé papa avecsurprise et je n'ai rien dit.

Nous nous sommes assis dans la pièce dont je me souvenais quand j'étais jeune. Il y avait d'énormes baies vitrées de chaque côté avec une grande cheminée le long du mur éloigné. Le mobilier était en velours rose moelleux et les tables étaient du style Français. Il yavait un piano à queue pour bébé dans le coin proche à côté de l'entrée. La fenêtre orientée à l'ouest encadrait un étang boisé avec de l'herbe taillée. Les lucioles commençaient à clignoter au crépuscule. « Les insectes de la foudre, mon dieu, cela fait si longtemps que je n'ai pas vu de punaises de foudre », ai-je réfléchi, impressionné par le surréalisme de la scène. « Pas de lucioles en Californie? » Papa s'est renseigné. « Je ne pense pas qu'il y en ait un dans tout ce foutu état », répondis-je doucement. « Tu es parti depuis longtemps », regarda papa avec les yeux larmoyants. Ils se sont assis dansle silence.

« Pour l'amour de Chris, de quoi parlez-vous tous les deux, vous êtes tous les deux des hommes adultes! » Steve s'est exclamé en entrant dans la pièce avec un sourire inquiet sur son visage. « La nourriture est bonne ici, mais la conversation pue. C'mon je vais souffler ce joint de poulet. Je vais vous faire un tour dans une vraie voiture. J'ai des amis que je veux que vous rencontriez. J'ai vu cette petite voiture que vous conduisiez de californie. C'est mignon. Vous devez entrer dans un pays américainqui sait ce qu'est la puissance . » « Ok » ai-je répondu. « Je vais faire un tour dans votre « chèvre » et peut-être qu'un jour je vous ferai un tour dans une belle voiture. Allons-y. A plus tard papa », j'ai appelé steve et moi. « Ne sois pas trop tard, répondit papa, tu as eu une longue journée."

Steve et moi sommes sortis sur le patio en briques dans le crépuscule frais avec des solins jaunes intermittents et incessants remplissant l'air. La Pontiac GTO verte de Steve s'est assise de manière impressionnante sur l'herbe fraîchement tondue à côté del'allée. Les roues « mag » brillaient même dans la lumière qui s'estompait. La suspension était « relevée » à l'arrière, de sorte que le nez de la voiture pointait vers le bas. Je suis entré du côté du « fusil de chasse » et je me suis assis sur une longue banquette alors que Steve glissait derrière la grande roue en plastique avec son levier de klaxon chromé à l'intérieur de la moitié inférieure. L'intérieur semblait caverneux comparé à la petite voiture de sport anglaise dans laquelle j'avais vécu.

« Cette voiture a des ceintures de sécurité? » Je me suis renseigné. « Les ceintures de sécurité sont pour les sissies, mais si vous en avez besoin, je pense qu'elles pourraient être rembourrées derrière le siège. Ne faites-vous pas confiance à ma conduite? » Steve a répondu. J'ai atteint le grand siège et j'ai poussé la ceinture entre les coussins et l'ai attachée sur mes genoux. « Je suis prêt maintenant », ai-je souri. « Est-ce que tout le monde de Californie est un tel pussy? » Steve a riposté.

Steve tourna la clé et l'énorme V8 de 440 pouces cubes rugit à la vie. Il a fait tourner le moteur plusieurs fois, et il s'est installé dans un ralenti inconfortable. « Je les ai fait mettre dans une caméra radicale, ça ne tourne pas au ralenti pour la merde », s'est-il excusé, « mais bonsang, et attention! » Il a mis le levier de vitesses « quatre sur le sol » en première vitesse, s'est relâché sur l'embrayage et a dirigé la voiture sur la petite voie de campagne pendant que les cylindres du moteur pulvérisaient puissamment en secouant les occupants à l'intérieur. Une fois sur la voie, Steve a appuyé sur la pédale d'accélérateur et les pneus arrière ont grincé lorsqu'ils se sont détachés du contact avec l'asphalte. Je me sentais repoussé contre le siège en vinyle; J'étais content d'avoir mis la ceinture de sécurité. Steve a habilement « double embrayage » la transmissionde la première à la deuxième vitesse en poussant l'embrayage une fois pour passer au point mort et une deuxième fois du point mort au deuxième rapport. Les pneus ont de nouveau grincé contre la chaussée, jetant la masse de métal et de caoutchouc vers l'avant avec uneaccumulation croissante. Les branches d'arbres qui se trouvaient près de la fenêtre du passager passaient dans un flou. Steve a finalement laissé tomber la transmission en troisième vitesse et a ralenti jusqu'au panneau d'arrêt.

« Eh bien sissy, qu'en as-tu pensé? » S'exclama fièrement Steve. « Merde, tu es un homme crazy. Vous avez un souhait de mort? Cette voiture est folle. Personne n'a besoin d'autant de puissance, mais je dois admettre que c'est assez pressé! » J'ai dit, un peu à bout de souffle. « Ok, je vais te prendre doucement. Je voulais juste vous faire savoir ce qu'elle pouvait faire. » Steve répondd, satisfait de ma réponse. Ils se sont dirigés vers La Porte sur les routes de campagne étroites dans la grosse voiture qui faisait vibrer les boîtes aux lettres en passant. Les phares éclairaient l'herbe et les fleurs dans les fossés le long de la route. Ils ont roulé en silence pendant un certain temps.

« Alors, vous venez de revenir de 'Nam? » J'ai demandé. Steve est resté silencieux pendant un moment, retournant la question dans mon esprit et a finalement répondu: « Quelques mois. Parfois, il ne semble pas que je sois de retour du tout. J'ai été médecin là-bas pendant un an. J'ai vu desblessures et la mort me durer plus d'une vie. Parfois, je travaillais dans une unité « MASH », et parfois j'étais en première ligne pour prodiguer les premiers soins immédiats. Vous ne croiriez pas les dommages qu'un AK peut faire à un corps. Le 'Cong' sortirait de nulle part même après un bombardement ou un tir à saturation d'un navire de combat Huey. Ils ont creusé des tunnels et des grottes et pouvaient sembler survivre à tout. Ils nous haïssent. Nous avons tué beaucoup, je veux dire beaucoup de civils, mais là-bas, vous ne savez pas qui va essayer de vous kill. Steve m'a regardé, « est-ce que je t'ennuie? » « Non, pas exactement », ai-je répondu en essayant d'alléger la conversation, « Je me suis spécialisé dans les manifestations anti-guerre quand j'étais à UC », j'ai regardé Steve pour voir sa réponse.

Steve était silencieux alors qu'il conduisait mon mécanicienet ma bête à travers les bois. « Je pense que tout le monde devrait faire tout ce que je peux pour mettre un terme à la folie dans 'Nam. » Il a finalement dit : « Les humains ne devraient pas se traiter les uns les autres de cette façon. » Il resta silencieux alors qu'il roulait lentement vers la ville. Steve a regardé me et après avoir hésité, a dit: « J'ai toujours peur. Quand j'étais à 'Nam, je

savais pourquoi j'avais peur. Vous ne saviez jamais quand un mortier allait tomber à côté de vous, ou si une fille ou une personne âgée allait essayer de vous tuer. Je savais pourquoi j'avais peur tout le temps ici, ce qui me dérange, c'est que j'ai toujours peur. J'ai peur tout le temps, pour rien! » J'ai ajouté tranquillement.
« Merde. »

Je n'ai rien dit pendant un certain temps, puis j'ai dit : « J'avais l'habitude de faire un cauchemar récurrent. J'étais quelque part dans une jungle et je tiens un M16. C'était tellement réaliste. Je pouvais sentir le poids de l'arme et l'interrupteur du sélecteur sur le côté réglé sur la position médiane pour une rafale de trois coups. Je suis dans un fossé ou quelque chose comme ça et il y a un sous-lieutenant à côté de moi parce qu'il avait les doubles barres sur l'épaule . Il y a une fusillade en cours. Je peux l'entendre; Je peux sentir la brûlure et la poudre à canon. Ce lieutenant me crie de sortir du fossé et d'aller me battre. Le fils d'une chienne me crie dessus au sommet de mes poumons, et j'ai peur, j'ai vraiment peur. J'ai dû décider d'aller me battre ou de tuer ce fils de pute qui me criait dessus. Je prends le point 16 à cet officier au visage d'enfant , et je me réveille en sueur. Ce qui est drôle, c'est que je sais que si je vais à 'Nam, ça va arriver juste commeça. Cela va se produire aussi sûrement que je suis assis ici. J'allais aller au Canada si j'étais repêché. Heureusement pour moi, mon numéro de loterie est arrivé au 311 et ils ne rédigeaient que jusqu'à 100 en 71. J'ai attendu que Steve réponde.

« Quelle putain de paire nous sommes unre, » ai-je ri, « Je ne sais pas lequel d'entre nous est le plus gros ventre de yella. » « Je suppose que nous allons tous les deux devoir concourir pour ce prix », ai-je riposté avec un sourire, « mais il me semble que vous avez plus de problèmes que moi. » « Merde, au moins j'ai eu une raison d'avoir peur de la merde. Vous avez peur des fantômes. Je pense que tu es une plus grosse merde de poulet que moi! » « Eh bien, je ne suis pas d'accord, mais nous allons laisser faire pour l'instant », ai-je ri.

Ils sont arrivés en ville par la route nationale 39 qui se jette dans la route nationale 35 à Pine Lake. J'étais trop sombre pour voir l'immense lac, mais je pouvais voir les minuscules lumières scintiller de l'autre côté. Steve a tourné à gauche en laissant une parcelle de caoutchouc sur la route. Ils passaient par des quais et de petits chantiers navals le long de leur droite à côté de l'eau. Je me souvenais de beaucoup de ces mêmes petites entreprises et je me sentais déconnecté de ma vie dans l'Ouest parce que beaucoup de ces établissements n'avaient pas changé du tout. Le changement était une constante à Los Angeles, mais ici les choses sont restées les mêmes. Ils ont tourné à droite dans un petit quartier résidentiel quise trouvait lors d'une incursion dans le lac. Steve tourna la clé et la grande bête bûcheron vint dans un calme inquiet.

« C'est là que je vis. Mes deux meilleurs copains du lycée m'ont laissé emménager avec eux quand je suis rentré à la maison. Danny et Butch sont quelquespersonnages de rea l. Butch est un politicien en herbe qui est très sceptique à l'égard de tout et de tout le monde. Il s'impliquera probablement dans la politique de la ville un de ces jours. Vous devriez bien vous entendre avec lui. Danny oscille dans les deux sens, si vous voyez ce que je veux dire. Je peux parfois avoir mal au cul quand c'est une chienne, mais c'est un bon gars. Faites-lui simplement savoir tout de suite que vous n'êtes pas intéressé par ses avances sexuelles. Prêt à rencontrer l'équipage? » Demanda Steve. « Il est trop tard pour renoncer maintenant à rencontrer vos amis screwball . D'ailleurs, ils ont une bonne fumée? » J'ai répondu alors qu'ils se dirigeaient vers le porche fermé et grillagé qui s'étendait à l'avant de la cabine. La porte moustiquaire grinçait sur des charnières rouillées alors qu'ils entraient dans le porche jonché de canettes de bière et d'emballages de restauration rapide sur le sol en linoléum cassé. Une porte d'entrée vitrée les a laissé entrer dans la cuisine. L'évier profond était rempli de vaisselle et d'eau qui avaient été laissées debout assez longtemps pour dégager une odeur. Une ampoule électrique nue pendait à un cordon au milieu de la poule kitc. « Plutôt sympa, hein? » Steve remarqua avec une fierté évidente. Ils sont entrés dans le salon qui avait un canapé et quelques chaises minables placées au hasard dans une pièce qui avait un mur plein de fenêtres donnant sur le lac sombre à l'extrémité.

« Qui diable est sone? » quelqu'un a appelé d'un coin sombre, « que toi Steve? Qui est-ce avec vous? Ce n'est pas un 'narc' n'est-ce pas? » « Butch qu'est-ce que tu fais dans ce coin? » Steve répondit. « C'est mon frère de Californie, Jim. » « Je suis déchiré. Danny a eu du haschich libanais blond. Ce truc va faire tomber vos chaussettes. Je suis lapidé depuis cet après-midi. Vous avez de la bière? Si vous ne le faites pas, vous feriez mieux de faire couler une bière avant de fumer tout cela. Avec cela, Butch se retourna sur la chaise dans le coin et sembla s'endormir. « Si Danny a eu une bonne fumée, cet endroit va ramper avec des mecs et des poussins avant longtemps. Nous ferions mieux d'aller chercher de la bière. Je vais vous emmener 'cattin' sur la traînée principale. La « chèvre » est un aimant à poussins. Nous allons trouver quelques miels et ramener lem ici, ou est-ce trop pour le gamin californien sissy? » « Plomb sur Shamus. Je suis juste derrière toi », ai-je répondu, étant prêt à passer à l'action après mon long voyage.

La grande GTO a secoué les boîtes aux lettres du quartier calme au bord du lac alors que Steve faisait tourner le moteur et glissait l'embrayage sur la courte pente jusqu'au boulevard Pine Lake. Les petites entreprises le long de la rive du lac avaient fermé et les résidents des grandes maisons à boîtes de deux étages avec des porches pleins à travers leurs premiers étages pouvaient être vus en train de regarder la télévision à travers les fenêtres ouvertes. Steve conduisait lentement de temps en temps en frappant les tuyaux d'échappement si une fille était vue marchant sur les trottoirs couverts d'arbres en passant devant des pelouses bien entretenues. Pine Lake finit par s'enrouler vers Lincoln Way qui était la rue principale de La Porte. Le grand palais de justice en calcaire rouge de l'Indiana du XIXe siècle se profilait sur la gauche. Il avait une haute tour avec de grands cadrans d'horloge rétroéclairés blancs orientés vers les quatre quadrants. De grands chiffres romains en fer, des aiguilles des heures et des minutes décoraient le visage et indiquaient cinq minutes jusqu'à l'heure. Le ciel montrait encore une lueur rosâtre entourant la tour bien que le soleil se soit couché lorsque Steve et moi quittions la maison de leur père.

Steve a allumé la traînée principale et a ralenti dans une file d'autres voitures pleines d'enfants animés pour un samedi soir d'excitation. « Vous souvenez-vous de la vieille ville? Il y a un nouveau centre commercial à la périphérie, mais à part cela, cela n'a pas beaucoup changé », a déclaré Steve. « Non, ce n'est pas le cas. C'est ce que je trouve un peu effrayant, répondis-je, j'ai l'impression de ne pas vraiment être parti. C'est la sensation la plus étrange, vous voyez ce que je veux dire? » « Je me suis senti comme ça quand je suis revenu de 'Nam. C'est un sentiment réconfortant quand les choses ne changent pas. Ouais, je sais, mec », dis-je doucement. « Où sont ces filles nourries au maïs ? Peu m'importe qu'ils soient grands ou petits, gros ou minces, je suis excité comme un chien de chasse à la pleine lune », ai-je ajouté un langage familier imaginé avec un sourire.

« La façon dont vous les garçons de la ville parlez. Je vais vous montrer à quel point ces « filles nourries au maïs » sont bonnes. Hé, il y a Michelle qui conduit ce bébé de merde aumercure, nous venons de la dépasser », avec ce Steve a tourné le volant à gauche, a frappé l'accélérateur, et la muscle car a brûlé les roues arrière dans un virage parfait en faisant claquer les voitures derrière sur leurs freins. Les doigts du milieu étaient poussés hors des fenêtres ouvertes, et ils pouvaient entendre de faibles malédictions en passant dans la direction opposée. « C'était tout un mouvement, je m'entraînais? » J'ai réprimandé. « Vous n'avezencore rien vu. » Steve a fait une embardée entre les véhicules lents essayant d'attraper le Mercury. « Michelle et moi avons eu quelque chose à faire au lycée pendant un certain temps. Cette fille a donné la meilleure tête, et elle a adoré le faire! Je n'avais même pas besoin de demander, et elle dézippait mon pantalon. Elle était très populaire auprès des gars », ai-je gloussé. Le grand Merc was vert s'est arrêté à un feu devant le palais de justice à côté de la voiture de patrouille d'un shérif du comté. Ils ont suivi jusqu'à ce que le noir et blanc fasse demi-tour et se dirige dans la direction opposée. Steve a grincé les pneus, a tiré le levier de vitesses sur le sol de la deuxième à la troisième vitesse, a manœuvré à côté de la voiture de Michelle, s'est penché par la fenêtre et a crié: « Hé, bébé, comment tu étais? Je suis de retour de 'Nam. Arrêtez-vous! »

Michelle a vu Steve, a souri, a mis le Merc vert au sol et a pris rapidement à gauche dans une rue latérale. Steve a tiré le virage same u comme avant de faire tourner l'extrémité arrière autour de 180 degrés et a commencé la poursuite. « Pourquoi a-t-elle fait ça? » Je me suis renseigné. « Cela fait partie du jeu, petit frère », a répondu Steve en fouettant la voiture dans la même rue que Michelle, « nous devons l'attraper si nous voulons le prix. » « Vous êtes des gens étranges ici, répondis-je, mais cela semble plutôt amusant. Donc, la poursuite est lancée! Maintenant, je sais pourquoi vous conduisez ce monstre; vous en avez besoin pour attraper des poussins! »

Steve a vu le Mercure faire une gauche devant. Il me sembleque Michelle avait suffisamment ralenti pour permettre à Steve de la voir avant qu'elle ne se retourne. Steve a poussé la pédale d'accélérateur au sol et la « chèvre » a bondi vers l'avant dans la chasse. Ils ont accéléré le long d'une route déserte long stone lake, ont dépassé Michelle, et Steve a tiré la grande Pontiac devant sa voiture et l'a forcée à s'arrêter. Ils sont sortis, sont retournés à sa voiture, Steve s'est penché par la fenêtre et a dit: « Quel est le problème bébé, n'es-tu pas heureux de me voir? Tout le temps que j'étais à 'Nam, je ne pouvais penser à personne d'autre qu'à toi. » Ils savaient tous les deux que c'était un mensonge, mais cela ne semblait pas avoir d'importance.
« Vraiment Steve? » Michelle répondit timidement: « Je suis heureuse de vous voir. Tu m'as attrapé; Je suis à toi, pour ce soir en

tout cas. » « C'est mon frère, Jim, de Californie. Nous nous dirigeons vers Danny's; Je vislà aussi maintenant. Avez-vous un ami pour moi? Voulez-vous nous rencontrer là-bas? » « Peut-être, Steve. Nous pouvons parler du bon vieux temps. Avez-vous votre propre chambre ? Je sais où c'est, à plus tard », avec cela elle a tiré autour de la voiture qui l'a bloquée et a accéléré. « Oh, bébé, suis-je heureux de la voir. Je me fiche de savoir si c'est une salope. » Steve rit. « Pensez-vous qu'elle a acheté cette ligne à propos de moi en pensant à elle? » « Pas une chance, alors quoi. » Je suis revenu avec un court rire.

Ils se sont arrêtés dans un petit magasin d'alcool près de la maison et alors que Steve se dirigeait vers la porte vitrée avec des publicités patinées placées à l'extérieur, j'ai appelé « C'mon, tu peux aider à transporter la bière. » Une fois à l'intérieur, ils sont allés à la glacière qui avait des taches de couleur rouille le long du fond et chacun a attrapé une caisse de bières en verre y-four dans un grand emballage en carton. Steve était sur une base de prénom avec le préposé, a échangé des plaisanteries, a payé pour la bière, et ils se sont rendus chez Danny. Steve a dû garer la « chèvre » dans la rue étroite parce que les voitures étaient garées dans unespace très concevable près de la cabine, et les gens entraient et sortaient par la porte écran. Steve a transporté la bière par la porte qui avait été partiellement arrachée de l'une des charnières et ne se fermait pas complètement. nous avons placé autant de bières que possible dans le petit réfrigérateur et avons placé le reste sur la table de la cuisine.

« Bière! » quelqu'un a appelé de la pièce principale, et bientôt il y a eu une ruée de corps à travers la porte qui la séparait de la cuisine. « Hé, Steve! » quelqu'un a appelé, « Il était tempsque vous arriviez ici avec la bière, j'ai failli avoir une émeute sur les mains! » Bientôt, les bouteilles de bière disparurent comme par magie dans la masse lancinante de corps qui encombraient la pièce surplombant le lac noir de minuscules taches de lumière qui se reflétaient sur elle de l'autre mineraià travers les fenêtres ouvertes. L'air était lourd avec la douce fumée piquante de minuscules pipes qui brûlaient de petits morceaux de « haschisch ». Steve a disparu dans la foule, et quelqu'un m'a tendu une petite pipe en laiton chaud qui avait un petit écran dans le bol avec un chunk de haschisch blond posé doucement sur le dessus. J'ai tenu la pipe contre mes lèvres, en faisant attention à ne pas les brûler, tandis qu'un visage sans nom tenait un briquet au butane sur le morceau qui brillait de rouge alors que j'aspirais la fumée profondément dans mes poumons.

Je suis entré une fois de plus dans ce royaume de shadows et d'impressions qui sont devenus prééminents sur le physique ici et maintenant. Tous les corps, riant, criant, pleurant, qui tournaient autour de lui sont devenus une toile de fond pour le sens exacerbé de la réalité que je vivais. J'ai sorti une bière duréfrigérateur comme au ralenti en remarquant la nourriture gâtée qui avait trouvé un lieu de repos au fond des étagères inférieures. Quelqu'un est passé quand j'ai fermé le réfrigérateur; il semblait se déplacer avec une piste qui le suivait. J'ai trouvé un siège sur le sol. Iln'y avait pas besoin d'introductions. Tout le monde fumait, partageait la pipe et l'expérience. Chacun est devenu membre du groupe. « Hé, mec. Essayez un peu de cela. C'est de la bonne merde! » Je lui ai passé une pipe; J'ai pris un « toke » et j'ai soudainement senti de l'épuisement dans tous les muscles de mon corps.

Immédiatement, la longue journée sur la route, l'épuisement mental de voir mon père et ma belle-mère, et le sentiment réconfortant d'être accepté dans ce nouveau groupe sont venus sur lui comme une vague, et je ne me souvenais de rien de plus.

J'ai ouvert les yeux dans la chambre de la tanière de la maison de mon père. J'étais pris dans cet état de conscience brumeux entre le réveil et le sommeil. J'ai senti une panique surgir en moi parce que je ne savais pas où j'étais. J'ai regardé autour de moi. Je ne savais pas quand j'étais . Étais-je un enfant dans cette house? Non, j'étais grand, bon sang, je pensais que j'étais grand. Je me suis mis au lit, j'ai ouvert les yeux en essayant de me réveiller. Attendez, j'ai pensé, attendez, oh, je me souviens, je viens de venir ici hier, n'est-ce pas? Je me suis levé et la réalité lui est venue. Mon pouls s'est accéléré. Je suis allé àla salle de bain dans le couloir et je me suis tenu sous la pomme de douche et j'ai laissé l'eau couler sur mon visage. J'étais brumeux de la nuit précédente. Je ne me souvenais pas d'être rentré à la maison. « J'espère que papa ne m'a pas vu ; Je le saurai assez vite », m'inquiétais-je.

Je suis entré dans la cuisine propre et lumineuse et j'ai vu Virginia laver la vaisselle dans l'évier. Elle s'est tournée vers moi avec un sourire sincère. Elle portait une simple robe de maison avec un tablier fleuri couvrant sa silhouette ample. J'ai de nouveau été frappé par son incroyable beauté. Elletraversa la pièce, me donna un baiser sur la joue et me dit: « Ma chérie, as-tu bien dormi? » et sans attendre une réponse, « tu es arrivée en retard. J'ai gardé des crêpes aux myrtilles pour vous. Ils sont sur une assiette sous le couvercle sur la table. Versez-vous some lait cher.

J'ai une centaine de choses à faire, si vous voulez bien m'excuser. Votre père est sur le terrain. Je suis sûre que ton père aimerait te voir ce matin », avec cela elle s'est déchaînée dans les arrière-salles en chantant un air folklorique que je n'avais jamais entendu auparavant.

J'ai trouvé une grande pile de crêpes aux myrtilles sous une couverture ronde en tissu qui a dû être conçue pour un tel usage, pensais-je. Il y avait du sirop d'érable dans un pichet en cristal sur une petite Susan paresseuse qui était assise au centre de la table. La nappe avait été changée en un motif à carreaux verts et blancs pour le repas du matin. Les crêpes étaient succulentes. J'ai trempé chaque fourchette dans le sirop autour des côtés des crêpes et savouré chaque bouchée, puis j'ai bu le grand verre de lait dans une longue hirondelle, mis la vaisselle dans l'évier et nettoyé la table autant que possible.

Je suis sorti . C'était une matinée délicieuse. Il faisait légèrement frais, mais l'humidité élevée donnait l'impression qu'il faisait plus chaud. L'air lui semblait épais après avoir vécu dans un climat désertique pendant tant d'années . L'humidité de l'air a permis aux odeurs des plantes, des fleurs et du bois de rivaliser les unes avec les autres pour attirer mon attention. J'étais submergé par tous les parfums; piquant ou sucré ou musqué, qui évoquait des souvenirs du plus profond de soi. Les insectes étaient turbulents et il y avait un nombre incalculable d'oiseaux qui chantaient jusqu'au matin. J'ai marché le long du sentier sablonneux , près de la grange à poteaux qui abritait des outils et de l'équipement qui avaient été éclaboussés d'oiseaux bruns et blancs. Un réservoir d'essence rouge était assis sur de minces jambes d'angle deteel à environ dix pieds de l'herbe envahie par la végétation en dessous. J'ai entendu un tracteur loin de là invisible dans la pépinière.

J'ai marché le long du chemin sablonneux en regardant les insectes se précipiter sous mes pas. Le sol était humide; il a dû pleuvoir pendant la nuit. Papa a été vu loin du sentier, entre les rangées de jeunes arbres, sur un tracteur rouge patiné . Il rebondissait rythmiquement entre les gros pneus du tracteur qui s'éloignaient lentement de moi. Les champs se terminaient brusquement loin au nord dans une forêt ininterrompue de grands arbres. Il y avait une ouverture voûtée dans les arbres qui était encore perceptible, même à cette distance, au centre de la masse ininterrompue. Je me suis souvenu du début de l'été il y a longtemps alors que je regardais, hypnotisé, par l'ouverture mystique.

À partir du moment où mon frère aîné Tom et moi étions assez vieux pour nous aventurer dans les arbres; nous sommes devenus les captifs des esprits qui y habitaient. Notre vraie maison était dans les arbres et notre temps à l'école, à l'église et en ville nous a fait nous sentir étrangement étrangers. L'école Galena township avait finalement quitté pour l'été. Tom et moi avons quitté la maison tôt le lendemain matin pour être accueillis par notre chien australien Sheppard mix, 'Inch', qui a reçu le nom parce que mon petit frère, Jeff, ne pouvait pas dire 'Prince'. C'était avant qu'elle ait destartes aux chiots, et elle aurait dû être nommée « Princesse » de toute façon. Inch remua tout son corps en saluant quand nous sortions dans l'air frais et humide. L'herbe rosée mouillait nos chaussures alors que nous traversions la pelouse envahie par la végétation et dans les arbustes par la porte arrière. Inch a conduit le way vers l'ouverture magique dans les arbres. Ils ont frôlé la délicate dentelle de la reine Ann qui a fait que les gousses de l'asclépiade à tige épaisse ont libéré leur coton blanc dans l'air. Un nuage ondulant de canaris dorés et noirs brillants ombragés pendant un moment du soleil cristallin oriental alors qu'ils gazouillaient dans un refrain. L'ancien sentier indien s'est agrandi alors que nous traversions de jeunes rangées de soja. La terre exposée a libéré un parfum piquant alors que nos chaussures laissaient leurs marques dans le loa m humide.

J'ai été surpris que le jour d'il y a si longtemps me soit revenu avec une telle clarté que j'ai commencé à marcher à travers les rangées de semis bandés roses que papa avait récemment effectué l'opération pour produire de futurs pommes de crabe à fleurs blanches et rouges. Mes pas s'enfoncentprofondément dans le terreau fraîchement labouré et m'apportent une douce odeur de moisi dans ma tête. Papa était loin dans les rangées sur mon petit tracteur Massy Ferguson qui avait de larges petites roues à l'avant. Il a suspendu au-dessus des gros pneus remplis d'eau avec leur bande de roulement en « V » cassée appuyée sur les ailes grises oxydées alors que je regardais en arrière en regardant le motoculteur tourner le sol entre les rangées. Papa portait un chapeau en tissu court et à bords tiré sur ses yeux pour se protéger du soleil bas à l'est. J'ai réalisé que mon père vivaitla vie parfaite, à moins que la perte de sa famille de sang n'ait entaché la perfection. J'ai continué à marcher dans le sol mou vers les bois et je me suis souvenu.

Inch a resserré les rangs avec les frères alors qu'ils approchaient de l'ouverture. Elle regardait souvent en arrière pour s'assurer qu'elleétait proche derrière. Les noyers noirs ont pris de l'ampleur en entrant sous leurs branches tendues. La chair sombre et pourrie qui recouvrait les nouvelles noix était glissante et dégageait une odeur nauséabonde lorsqu'on marchait dessus. Le goo couvrait nos semelles et collait auxcôtés des chaussures. Le sentier était beaucoup plus large qu'il n'y paraissait de loin. Les branches qui formaient la canopée arquée au-dessus du chemin étaient à vingt ou trente pieds au-dessus de leurs têtes, et le soleil du matin commençait à s'estomper. Le lierre à faible croissance et les fleurs blanches de trille à trois poins s'élevaient au-dessus d'un épais tapis de feuilles en décomposition. Un parfum terreux piquant remplissait nos têtes et nos yeux s'ajustaient lentement à la lumière tamisée. Des étincelles de soleil scintillaient à travers les branches et les feuilles des chênes gigantesques et descamores sy. Nous ne pouvions plus voir loin sur le chemin alors que nous descendions progressivement le revêtement de feuilles vers un marais. Contrairement à un marécage de boue gluante sombre commun à d'autres endroits, le sol sablonneux fournissait des zones humides d'eau cristalline remplie de mauves des marais oranges recouvertesde fougères avec de minuscules violettes sauvages à leur base. Ils ont toujours pris soin de chercher de l'eau de puits à travers le sable qui pourrait indiquer un sable mouvant. Tom et moi marchions tranquillement et parlions rarement.

Leur petit chien brun et blanc aux cheveux longs trottait à proximité soit pour les protéger de dangers invisibles, soit par appréhension. Ils surveillaient pour repérer la queue touffue à pointe blanche d'un renard insaisissable, ou l'ondulation de l'eau alors qu'un serpent trouvait refuge dans les quenouilles. Ils pouvaient rarement se faufiler dans une zone marécageuse sans que les grenouilles ne se taisent et que les tortues peintes ne glissent de leurs bûches ensoleillées dans l'eau.

Les frères étaient toujours désireux de chercher un nouvel arbre à grimper. Les chênes et les noyers avaient généralement leurs premières branches beaucoup trop hautes du sol pour commencer leur ascension. Ils devaient également regarder la structure ramifiée afin qu'une fois qu'ils étaient montés, ils puissent trouver suffisamment de poignées et que leurs jambes puissent atteindre entre les branches aux niveaux inférieurs. Au fond de l'ancien sentier, ils ont observé un immense bois de fer avec son écorce grise lisse recouverte de tentacules côtelés qui se sont dilatés et ont couru dans le sol comme d'immenses doigts agrippant la terre. Les deux frères attrapèrent les protubérances de bois, qui se sentaient chaudes et vivantes dans leurs mains et remontèrent soigneusement le tronc jusqu'aux premières branches horizontales massives. Ils ont laissé leurs chaussures à la base de l'arbre, gardés par Inch, parce qu'ils avaient besoin de la dextérité de leurs pieds plantés dans les indentations de l'écorce comme des mains maladroites pour faciliter leur ascension. Tom a trouvé le chemin ardu jusqu'au tronc, et j'ai suivi. Au fond de leur esprit, ils ont réalisé que la descente serait beaucoup plus dangereuse, mais ils n'avaient pas le temps d'y penser maintenant. Quand j'ai finalement levé la main autour de la première branche, Tom l'a aidé à monter dans un siège large et lisse contre le tronc de l'arbre. J'ai repris mon souffle, j'ai baissé les yeux sur la tache de fourrure entre deux doigts de racine alors qu'elle regardait avec nostalgie.

J'étais arrivé à la fin de la pépinière et j'ai commencé à marcher dans un champ rempli de mauvaises herbes en jachère alors que je me souvenais d'avoir été soigneusement rempli de rangées de soja à faible croissance. L'ouverture de l'ancien sentier indien se profilait à l'horizon. Cela ne semblait pas aussi grand que dans ma mémoire. Il était devenu plus envahi par la végétation et l'entrée était moins austère. J'ai rechuté dansle souvenir d'il y a longtemps. J'ai senti la brise contre mon visage et j'ai enquêté sur les branches des arbres voisins. J'ai ensuite regardé au-dessus de ma tête l'ensemble de branches suivant et j'ai senti mon estomac monter dans ma gorge avec le vertige. L'étape suivante ne serait pas facileje me souviens

« J'aimerais que nous apportions une corde », ai-je dit doucement. « Oui, » répondit Tom en levant également les yeux. Ils parlaient rarement. Il était inutile de verbaliser l'évidence, et comme ils pensaient le plus souvent la même chose, il y avait une petite raison de le faire. Sometimes l'un d'eux dirait quelque chose juste pour briser la quiétude pendant un moment. Un cardinal a atterri sur une branche voisine et a commencé à leur parler. L'oiseau à crête rouge vif essayait de leur dire quelque chose; peut-être que je ne savais pas qu'ils n'étaient que des enfants. J'ai écouté ma belle supplication. Je me suis dit : « Je suis désolé ; Je ne peux pas m'en empêcher », alors que je regardais en arrière. « Qu'y a-t-il avec cet oiseau? On dirait que j'essaie de vous parler », a demandé Tom. « Je ne sais pas », ai-je répondu.

Je me suis levé sur la branche massive et j'ai levé les yeux. Tom avait glissé autour du tronc, à l'abri des regards, et je l'ai entendu dire : « Je pense que j'ai trouvé un moyen. » J'ai serré dans mes bras l'écorce lisse de bois de fer alors que j'atteignais mon pied autour de l'autre branche principale. Tom s'assit plus loin sur le membre pendant mes pieds et pointa vers le haut pour qu'il voie. Le tronc s'est incliné progressivement vers l'extérieur de ce côté. La branche ci-dessus était légèrement plus proche au-dessus de la tête, mais toujours hors de portée. L'écorce lisse avait des côtes proéminentes qui fourniraient une prise ténue. J'ai attrapé le tronc avec les mains tendues et j'ai grimpé aussiloin que je le pouvais. Tom a poussé sur mes pieds nus alors que je serrais l'arbre et montais plus haut. Quand Tom avait complètement étendu mes bras et sur la pointe des pieds, je pouvais atteindre le membre supérieur. J'ai enroulé une main autour de la branche, puis finalement l'autre jusqu'à ce que jetire mon corps sur le dessus. Je me suis assis à la croûte de la branche et j'ai repris mon souffle.

« Comment est la vue? » Demanda Tom en plaisantant. La lumière du soleil dansait entre les branches et les feuilles chatoyantes. J'ai regardé entre les arbres et, au loin, je pouvais voir les terres ensoleilléesscintiller tranquillement. Les arbres voisins semblaient rayonner de vitalité lorsqu'ils étaient vus de l'intérieur. Le bois de fer massif les a acceptés dans son monde. « Très bien », ai-je appelé en regardant par-dessus le bord de la branche pour voir le corps de mon frère écorché à plat contre le tronc. Les mains de Tom agrippaient les protubérances aboyées, et mes orteils trouvèrent un pied dans les indentations concaves entre les côtes. Lentement, je me suis glissé dans l'arbre ressemblant à une grenouille avec mes bras, mes jambes, mes doigts et mes orteils étendus dans l'étreintedu tronc massif. Finalement, j'étais assez proche pour qu'alors que je m'allongeais sur le ventre de l'autre côté de la branche, j'ai tendu la main à Tom pour qu'il l'attrape. Prudemment, j'ai libéré une main du tronc et j'ai serré mes doigts tendus. J'étais bientôt assis à côté de mon frère.

J'ai traversé le champ de jachère et je me suis tenu debout en regardant dans l'ouverture sombre. Des arbustes clairsemés à la taille couvraient le sol de l'ouverture. J'ai marché prudemment dans l'ancien sentier indien. Le racket des oiseaux et des insectes a immédiatement commencé à s'estomper. Je n'avais pas été conscient du niveau de bruit à l'air libre jusqu'à l'immobilité à l'intérieur des arbres. Je me déplaçais lentement à travers la brosse à croissance basse et je sentais que je marchais sur quelque chose de lisse et de gluant. J'ai senti l'odeur piquante du revêtement de noyer noir en décomposition qui aéclairé le sol. Je me suis arrêté et j'ai soulevé une semelle de botte et j'ai gratté le goo noir avec un bâton. J'ai décidé que c'était une bataille perdue d'avance et j'ai marché à travers le noir glissant et j'ai essayé de ne pas tourner une cheville sur les coquilles de noix dures. Le sol du trail s'est dégagé de l'ouverture où il y avait peu de soleil. Il y avait un épais tapis de feuilles et de brindilles en décomposition et une branche en décomposition occasionnelle qui était tombée il y a des années. J'ai regardé devant moi à travers la pénombre mouchetée et j'ai observé le reflet étincelant d'une petite zone humide. Les oiseaux de la forêt émettaient des sons solitaires. Les arbres grinçaient et gémissaient alors que le vent poussait leurs branches supérieures. Les écureuils ont commencé à bavarder.

Je me demandais si j'allais pouvoir trouver l'énorme bois de fer que moi et mon bouillonTom avions escaladé ce jour d'été il y a longtemps. Beaucoup de grands arbres étaient morts parce que cette région du nord de l'Indiana était sous le vent des grandes aciéries de Gary, Hammond et Whiting. Les pluies acides avaient ramené le pH du sol à un niveau quisemblait particulièrement mortel pour les arbres centenaires. J'ai marché vers les zones humides étincelantes et je me suis souvenu de ce jour d'il y a longtemps.

Je me suis souvenu d'avoir trouvé un siège entre deux branches sur la branche et d'avoir laissé mes jambes pendre haut au-dessus du sol recouvert de feuilles. Inch s'assit docilement à la base du coffre en pente gardant les chaussures des frères et leur sortie. La branche se balançait doucement dans une brise douce qui remuait les feuilles plus haut, mais le sol de la forêt restait immobile. L'escalade serait plus facile maintenant parce que lesbranches principales étaient plus proches les unes des autres et qu'il y avait des branches plus petites à saisir. Tom a déjà commencé à grimper lentement vers le prochain ensemble de branches principales. J'ai toujours obéi à la règle des deux points. Soit vous aviez un pied et une main fixés sur deux branches, soit deux hands fermoir solidement pendant que les pieds pendaient, soit être en équilibre précaire sur deux pieds. Trois points d'attachement étaient meilleurs, mais généralement un luxe. Ils savaient qu'enfants, ils avaient une affinité instinctive pour grimper aux arbres. Les adultes ont perdu leur capacité innée à se lieret étaient pour toujours destinés à marcher uniquement sur la terre. Ils ont réalisé même à ce moment-là que leur vie dans les arbres serait éphémère, et comme pour toutes les choses temporaires et sont connues pour l'être, l'expérience est plus intensément ressentie.

« Hé, c'est cool ici. Je peux voir la maison; Maman est dehors en train de raccrocher le linge. Elle aurait une vache si elle savait où ils étaient. Ha! Allez,, appelai-je, les pieds nus suspendus au-dessus. J'ai suivi le même chemin que j'avais emprunté de branche en branche autour du trunk jusqu'à ce que je grimpe sur un membre adjacent d'où Tom était assis. La brise était plus forte maintenant, et les branches avaient un plus grand balancement. C'était amusant de sentir l'arbre bouger rythmiquement d'avant en arrière. J'ai commencé à me sentir étourdi, et ils avaient tous les deux des sourires incontrôlables sur leursas. J'ai regardé à travers les feuilles pour voir leur mère accrocher des vêtements à la corde à linge. Je pouvais presque l'entendre chanter pendant qu'elle travaillait. Maintenant, ils étaient excités de grimper aussi haut qu'ils le pouvaient et de faire un tour sur les branches les plus hautes.

Les branches étaient plus petites et plus rapprochées au fur et à mesure qu'elles grimpaient. Un arbre de bois de fer a un bois fort , et ils n'ont pas peur de casser les branches. Leur plus grande préoccupation était maintenant de trouver un endroit confortable pour s'asseoir lorsqu'ils s'arrêtaient dans leur ascension pour profiter de la vue. Ils sont finalement arrivés sur la dernière série de branches principales et ont suspendu leurs pieds au-dessus de ce qui semblait être à une centaine de pieds du sol. J'ai toujours trouvé curieux que la perspective de regarder vers le haut à une hauteur et de regarder vers le bas de la même hauteur puisse être si différente. Ils regardaient les fermes et les champs, les routes et les ruisseaux. Les voitures, les gens, les maisons et les vaches avaient l'air minuscules. Ils n'étaient plus de ce monde. Ils existaient dans un royaume magique d'idées et d'imagination qui était déconnecté, pour le moment du moins, du banal.

« Hang on! » Tom a crié: « Les vents se lèvent! » ils pouvaient voir le vent onduler à travers les feuilles des autres arbres jusqu'à ce qu'ils le sentent sur leurs visages, et l'arbre a commencé à se balancer. Ils riaient en s'accrochant fermement et se déplaçaient avec les branches supérieures en arrière et enf orth. « C'était chouette! » Je me suis exclamé avec enthousiasme, un peu d'adrénaline coulant encore dans mes veines. « C'était vraiment cool », a convenu Tom, reprenant mon souffle, « Pensez-vous qu'ils devraient commencer maintenant? » J'ai ajouté avec désinvolture. « Je suppose que maman va déjeuner prêt assez soon. Vous savez à quel point elle déteste ça quand nous sommes en retard », ai-je répondu tout aussi concrètement.

Avant de commencer à descendre, ils ont entendu un cri dans l'air au-dessus d'eux. Certains corbeaux sont venus exprimer leur mécontentement face à l'intrusion du garçon sur leur territoire. Ils crièrent entre eux leurs sombres intentions, firent quelques passes de bombes en piqué près des branches auxquelles les frères s'accrochaient et retournèrent vers un grand arbre mort pour rejoindre leurs compagnons maraudeurs. « Merde de corbeaux » , recroquevillait Tom, se sentant vulnérable. « Regardez là- Il y a tout un meurtre de corbeaux! » Je me suis exclamé. Depuis qu'ils avaient découvert qu'un groupe de corbeaux était appelé un « meurtre », ils ne pouvaient s'empêcher de le répéter chaque fois que l'occasion se présentait. « Il y a un grand meurtre de corbeaux! » Tom accepta sistiquement. « Les fils de chiennes », ai-je ajouté. « Euh oh, je pense qu'ils reviennent! » Dis-je alors qu'ils descendaient tous les deux des petites branches verticales. Ils ont entendu les cris triomphants des assaillants au-dessus de leur tête alors qu'ils descendaient.

Un écureuil en colère bavardait alors qu'ilétait assis à pendre ses pieds sur les côtés du plus haut ensemble de branches principales. Je les ai réprimandés pour avoir envahi mon arbre; ma grosse queue rouge touffue descendit lentement puis apparut comme une exclamation pendant que je bavardais bruyamment. « Merde écureuil », grogna Tom en glissant le long du tronc, qui était assez petit pour qu'ils puissent avoir leurs bras la plupart du temps autour de lui.

Les frères descendirent lentement dans le grand arbre alors que le soleil se déplaçait plus haut. Ils sont venus à la deuxième série de branches principales et ont regardé bien en dessous des branches les plus basses. Tom m'avait aidé jusqu'à l'endroit où ils étaient maintenant assis quand ils sont montés pour la première fois il y a une heure. « Je vais essayer de m'enfoncer de ce côté et j'espère atterrir au sommet d'une branche. Une fois que j'aurai commencé, je ne pourrai plus m'arrêter », a réfléchi Tom. « Je vais essayer de vous guider d'ici », ai-je ajouté faiblement. J'ai glissé sur le côté de la branche épaisse pendant que je tenais mes mains, si je le pouvais. Mes orteils s'agrippaient à tout ce qui pouvait l'aider à le ralentir alors que je m'agrippais désespérément à l'écorce avec mes doigts. Mon corps était allongé à plat contre le tronc massif, même ma tête était tournée latéralement, alors que je glissais vers le bas. « Sous ton pied droit, vite! » J'ai crié désespérément. Tom a attrapé l'énorme branche sous mon pied nu et s'est arrêté sur le dessus, s'est assis, a levé les yeux et a dit: « Morceau de gâteau."

J'ai senti mon estomac monter dans ma gorge tandis que je m'allongeais sur le ventre sur le dessus de la large branche lisse. L'écorce était douce et chaude sur ma peau exposée. J'ai glissé prudemment sur le côté avec mes paumes à plat contre la branche. Mes orteils cherchaient lesindentations ribbe d où je pouvais obtenir une prise ténue. J'ai lâché prise avec un bras pour pouvoir attraper une saillie sur le tronc. J'ai commencé à glisser quand j'ai lâché l'autre main pour attraper le coffre. J'ai désespérément attrapé une poignée de main, mais il était trop tard; J'étais glissantg. Je suis tombé jusqu'à ce que je sente une main sous un pied qui a brisé mon accélération. Je suis descendu au-dessus de Tom et de l'énorme branche sur laquelle je me suis assis. « Morceau de tarte », m'exclamai-je en retrouvant mon calme. Un « morceau de tarte » est encore plus facile qu'un « morceau de gâteau »; du moins, c'est ce que leur cousin Johnny leur a dit.

« Tu deviens trop lourd », se plaignit Tom en me frottant la main. Inch devenait de plus en plus excité à mesure qu'ils se rapprochaient du sol. Elle a couru en rond en aboyant avec anticipation. Tom a décidé de faire la descente finale. Le tronc était incliné vers l'extérieur de l'endroit où ils étaient assis et les côtes étaient plus prononcées. Tom glissa adroitement de la branche, attrapa les protubérances des deux mains et l'araignée descendit le long du tronc. Je me tenais silencieusement à la base en attendant queje suive .

Mes mains et mes pieds étaient douloureux à ce moment-là, et ça faisait mal de m'agripper à l'écorce. J'ai suivi l'exemple de Tom, mais à peu près à mi-chemin, j'ai perdu mon emprise et j'ai commencé à tomber loin du coffre. J'ai rapidement décidé de pousser avec mes pieds pour dégager les racines qui s'étendaient à la base. Je suis tombé en arrière et j'ai atterri sur un matelas feuillu, mais j'ai frappé assez fort sur le dos pour que cela me fasse tomber le vent. Pendant quelques moments terrifiants, je ne pouvais pas respirer. Finalement, après ce qui semblait être un éon, je reprenl'air frais et doux dans mes poumons. Inch en a profité pour me lécher le visage. J'ai levé les yeux vers les visages inquiets de Tom et Jeff.

Je pouvais presque sentir la panique que j'avais ressentie alors que je luttais pour respirer il y a si longtemps. Je me glissai lentement vers l'exploitation lumineusedu marais de cristal. Les arbres étaient empêchés de pousser trop près de l'eau. Cela a laissé une ouverture dans la canopée permettant à plus de lumière du soleil de se refléter sur l'eau plate. Je me suis refermé sur l'ouverture et je me suis arrêté pour regarder la scène. L'eau était entourée d'un épais tapis de prêles rondes et segmentées qui atteignaient quelques pieds de haut. Je me suis souvenu d'avoir lu sur ces plantes anciennes qui étaient autrefois aussi grandes que des arbres. Ils avaient besoin de la silice dans le sable pour survivre. Entre les prêles poussaient des tapis de croissance basse de violettes sauvages qui avaient des feuilles velues et de minuscules fleurs en forme d'étoile bleue et violette. Les masses de fleurs nichées dans les prêles bleu-vert étaient magnifiques. Le long du bord de l'eau poussaient des guimauves jaunes et oranges quis'étendaient dans le petit lac peu profond. Il y avait une bûche au milieu de l'eau qui était recouverte de tortues peintes. Les coquilles bleu-gris étaient brillantes et entourées d'une coquille Saint-Jacques décorative. Leur cou était tendu au soleil montrant le stri pes rouge vifsur leur cou. On pouvait à peine voir des grenouilles léopards le long de la rive et se croquaient sporadiquement. J'avançais lentement . Les sons se sont arrêtés et les tortues ont glissé silencieusement de leur bûche engloutie. J'ai marché près de l'eau en surveillant le sable imbibé d'eau qui pourrait être un sable mouvant. Je me suis demandé si je pouvais trouver le grand arbre de bois de fer et j'ai commencé à me rappeler d'être allongé sur le sol à la base de l'arbre après avoir repris mon souffle et vu mon jeune frère Jeff me regarder.

« Qu'est-ce que tu fais ici? » J'aicontacté Jeff. « Maman m'a dit que je pouvais venir jouer avec toi. Qu'est-ce que tu fais'? » Demanda Jeff. « Nothin', et tu ferais mieux de ne pas le dire à maman! » J'ai menacé. « Je ne le ferai pas. Je suis doué pour garder des secrets! » Jeff sourit. Tom et moi avons roulé des yeux l'un vers l'autre. Jeff avait quatre oreilles demoins que moi et il n'avait pas encore commencé l'école. Tom n'avait que deux ans de plus que moi, il avait donc été plus proche tandis que Jeff, étant quatre ans plus jeune, avait passé la plupart de mon temps leur mère. C'était le garçon d'une maman. J'avais aussi une nature très honnête, et onne pouvait pas faire entièrement confiance à moi pour garder leurs secrets. « Alors jurez! » J'ai demandé. Je crache sur ma main et la pousse vers Jeff. Jeff a ressenti une immense fierté lorsqu'on lui a demandé de faire une promesse aussi solennelle. « Je le jure », ai-je répondu, j'ai essayé de cracher sur ma main, j'ai malchanté, puis j'ai essayé à nouveau avec succès. J'ai serré leurs mains bâclées ensemble pour sceller le serment. « Qu'est-ce que je jure, Jimmy ? » demanda-t-il timidement. « Que tu ne diras pas à maman non! » J'ai répondu sèchement. « Ok, » répondis-je, satisfait. « Cherchons des pointes de flèche », ai-je ajouté. « Le premier à trouver une pointe de flèche est le gagnant! » S'exclama Tom avec autorité.

Sur ce, ils sont retournés à l'ancienne clairière du sentier indien. Ils ont tous commencé à creuser à travers les feuilles jusqu'au sol en dessous, puis ont utilisé leurs pieds pour se gratter sous la surface. Inch les a regardés et a commencé à creuser des trous autour d'eux. Jeff est allé aider Inch. Après un temps silencieux de recherche diligente, j'ai vu Tom laisser tomber quelque chose derrière Jeff. Après quelques instants, ils ont entendu le cri de Jeff: « J'en ai trouvé un! J'en ai trouvé un! » puis après un instant de contemplation, j'ai ajouté : « Je suis le gagnant ! » Tom s'est toujours occupé de Jeff. Je n'étais pas si gentille. Tom est allé à l'endroit où Jeff se tenait rebondissant de haut en bas avec excitation. « C'est une belle chose », a-t-il déclaré après avoir étudié le morceau de silex ébréché. Les deux frères aînés se sont rassemblés autour de l'endroit où Jeff tenait le prix dans ma petite main. La pointe et les bords de la roche artisanale étaient aussi tranchants que le jour de sa création. La surface vitreuse et lisse en silex des roches gris verdâtre scintillait si elle était maintenue parune lueur de soleil qui transparaissait à travers la canopée dense.

Ils ont admiré l'objet sacré dans un silence révérencieux pendant quelques instants intemporels. J'ai levé les yeux comme d'une transe brisée. Tom avait la tête tournée sur mon épaule et regardait derrière lui. J'avais l'impression qu'une force invisible les regardait. J'ai regardé derrière lui. Un nuage avait recouvert le soleil et l'obscurité enveloppait la clairière. J'ai entendu unécho de rat-a-tat de pic d'un endroit invisible dans la forêt. Un gland est tombé d'en haut d'eux et a atterri à quelques mètres de l'endroit où ils se tenaient. Je me suis rapidement demandé si un écureuil avait essayé de le laisser tomber sur eux, comme ils étaient connus pour le faire. Entre les sons, le silence s'estcaché.

« Pourquoi fait-il si sombre? » Demanda Jeff, ses yeux commençant à couler. « J'ai 'peur', avec ça j'ai jeté la pointe de flèche sur les feuilles et j'ai commencé à courir. Inch a crié et a suivi. Tom et moi nous sommes regardés et avons commencé à courir vers l'opensevelissement lointain dans les arbres. Jeff était déjà loin devant alors qu'ils traversaient la clairière verdoyante. J'avais l'impression qu'ils étaient suivis ; bientôt j'ai senti que mes pieds ne touchaient plus le sol. Je courais à grande vitesse dans les airs, stimulé par la peur qui s'était installée dans mes membres. L'ouverture se profilait plus grande alors qu'ils couraient inlassablement hors de la forêt interdite. Quand ils atteignirent le portail, ils regardèrent devant eux pour voir que Jeff avait ralenti jusqu'à un trot à travers le champ de soja ensoleillé accompagné d'Inch. « Je n'avaispas peur. J'essayais juste de rattraper Jeff », a fait remarquer Tom. « Moi non plus », ai-je répondu avec désinvolture pendant qu'ils traversaient le champ. « Mais nous ferions mieux de rattraper Jeff avant de parler à maman. » Tom hocha la tête avec inquiétude. Ils se sont remis au trot. Ilsont crié à leur mère alors qu'ils traversaient le champ: « Tommy, Jimmy, Jeffey, c'est l'heure du déjeuner! »

Les conspirateurs sont arrivés à la porte arrière juste à temps pour entendre Jeff déclarer fièrement: « Maman, Tommy et moi n'avons rien fait! » Tom et moi nous sommes donné un 'uh oh' look. Ils se sont approchés peut-être un peu trop décontractés. Maman se tenait debout avec son tablier bien usé couvrant sa robe de maison et les regardait avec méfiance. « Vous êtes tous les deux un spectacle! Qu'avez-vous fait jusqu'à présent? Est-ce que c'est de la sève d'arbre sous toute cette poussière? Tu sais que je ne peux pas sortir ça de tes vêtements. Eh bien, allez vous laver. Il y a des sandwichs sur la table. Versez-vous du lait. Leur mère ne pouvait pas vraiment se fâcher contre eux. C'était à peu près autant de réprimande qu'ils n'en ont jamais eu. Elle savait qu'elles étaient devenues aussi sauvages queles nymphes woo d. Elle était un Tom-boy quand elle était jeune, et ils soupçonnaient qu'elle grimpait sur sa part d'arbres quand elle vivait dans l'orphelinat luthérien norvégien à l'extérieur de Chicago. Elle était leur meilleure amie.

Je me suis souvenu avec un sourire alors que je marchais plus loin dans l'ancien sentier indien. Au loin, j'ai cru voir l'écorce gris fer de l'arbre d'il y a longtemps. La lumière était assez faible et le sentier se rétrécissait à mesure que les grands arbres se rapprochaient. Il y avait un épais tapis de feuilles et de brindilles, et il devenait plus difficile de marcher. Le sentier s'ouvrit alors dans une clairière, et à l'intérieur se trouvait l'arbre de bois de fer. J'ai été submergé par sa taille et sa domination de la région environnante. Le tronc massif était incliné vers l'extérieur avec des côtes qui se sont transformées en énormes racines qui se sont tendues et ont attrapé et maintenu l'arbre massif à la terre. Je me suis dirigé vers la base, je me suis tenu sur l'une des racines et j'ai essayé de mettre mes bras autour du tronc. Je ne pensais pas avoir fait un quart du chemin autour de la base nervurée. Je me suis tenu en retrait et j'ai levé les yeux et je me suis demandési je pouvais encore grimper. Je suis remonté jusqu'au tronc, j'ai saisi deux des côtes saillantes et j'ai essayé de me soulever. J'ai vite réalisé la futilité de l'entreprise. Je pensais que les enfants devaient naître en tant que singe et que leur temps dans les arbres serait réduit à mesure qu'ils deviendraient limités à la terre à l'âge adulte.

J'ai commencé à me fatiguer. J'ai trouvé une indentation entre deux des racines tendues qui avaient une base molle de feuilles épaisses. Je me suis installé dans l'espace confortable et j'ai fermé les yeux. L'air était calme et sentait le doux compost de la forêt. J'ai fermé les yeux un instant. Un cardinal à crête rouge est descendu sur un buisson à quelques mètres de l'endroit où je me suis reposé. L'oiseau a commencé son chant-discours que je n'avais jamais entendu d'aucun autre oiseau. Il m'a regardé et a commencé sonhistoire triste. Je me suis assis tranquillement, sans bouger, et j'ai écouté. Je n'ai pas essayé de comprendre, mais je savais que l'oiseau essayait de me communiquer. J'ai simplement laissé mon esprit vagabonder pendant que j'écoutais . Le bel oiseau rouge a terminé son histoire et s'est envolé. J'ai continué à laisser mon esprit vagabonder sans essayer de donner un sens à la rencontre. J'ai fermé les yeux et je me suis endormi.

J'ai commencé à rêver. Je sentais le même si j'étais endormi, j'étais conscient. Je me sentais quitter mon corps endormi et commençai à voyager sur le sol de la forêt. Je pensais que mes rêves étaient généralement dans une sorte de fantasme, mais que maintenant je semblais être sur la terre. Alors que je glissais sans bruit à travers les bois, j'ai constaté que j'étais extrêmement conscient de chaque détail de ce qui l'entourait. Je semblais avoir tout le temps que je voulais remarquer une araignée faisant une toile à la base d'un arbre et j'avais une vision absolue de chaque fil de gossamer et de chaque petit poil sur le minuscule insecte. J'ai choisi les détails de différentes créatures de la forêt pour vérifier ma capacité à être conscient de tout. Je me suis dit à quel point nous regardions à travers les yeux. Je me suis déplacé à travers la forêt en étant attiré par un endroit particulier. Je suis arrivé à l'endroit où le ruisseau avait coupé une falaise de sable dans le sol de la forêt. Je me suis souvenu comment mon frère et moi avions trouvé cet endroit une fois et aimions sauter du haut dans le sable mou à côté du ruisseau. J'ai étudié la scène avec un calme intense et j'ai réalisé que je n'étais pas seul. J'ai senti la présence près de moi et j'ai attendu. « Grimpeur d'arbres, tu es parti depuis longtemps. » J'ai entendu dans ma tête. Il n'yavait pas de peur. « Vous avez eu beaucoup de difficultés. » La voix retentit. « Vous êtes en danger ici. »

J'avais l'impression d'être transporté à l'époque où ma famille avait déménagé pour la première fois en Californie. Ils ont déménagé à San Fernando qui est une communauté mexicaine. Ils étaient les seuls enfants blancs de la région et ont immédiatement été ciblés par les enfants mexicains coriaces. Mon frère qui avait douze ans et moi qui avions dix ans avons dû me battre souvent après l'école. J'étais petite et trapue et j'avais un nez en verre de sorte que lorsque je me faisais frapper au visage, mon nez commençait immédiatement à saigner. Cela m'a sauvé de coups plus brutaux. Tom était mince et frêle et rentrait souvent à la maison bien battu. Les deux frères ont essayé de cacher leurs problèmes à leur mère.

Je rentrais à la maison un jour après l'école et lesenfants se sont rassemblés autour d'une bagarre. Je me suis dirigé vers la foule et j'ai vu mon frère Tom être sévèrement battu. La colère, la rage et la haine ont commencé à remplir ma petite poitrine. J'ai poussé à travers la foule et j'ai sauté sur l'agresseur de mes frères qui était beaucoup plus grand que moi. J'étais entré dans un état d'esprit où je ne savais pas ce que je faisais. Une rage meurtrière m'a consumé. J'ai déchiré l'attaquant comme un animal sauvage. Je suis tombé sur lui en lui donnant des coups de poing, en piquant et en mordant. Quand mes amis ont essayé de l'aider, je me suis retourné contre eux et j'ai attaqué. Alliésfinaux, ils avaient tous des ruissellements et Tom gisait sur le sol effrayé. La rage m'a quitté après un certain temps et j'ai commencé à pleurer. J'avais été bien battue et mes deux poignets étaient entorses. Tom a mis mon bras autour de moi en me sanglotant et nous sommes rentrés chez nous.

Non seulement je me suis souvenu de la scène, mais j'ai également pu la voir comme un observateur désintéressé. Je me suis souvenu que j'avais perdu connaissance pendant l'incident et que je ne savais pas vraiment ce qui s'était passé. J'ai pu être témoin de la brutalité de l'attaque d'il y a si longtemps. « Il y a un danger pour vousou ici. Vous êtes un danger pour vous-même », a déclaré la voix. J'ai senti une attraction loin de l'endroit. Je me déplaçais rapidement comme si j'étais attiré par un fil vers mon corps endormi. Je me suis réveillé. C'était en fin d'après-midi. Je me suis levé et je suis sorti par l'ancien sentier indien.

J'aibaigné le soleil de l'après-midi à travers la dentelle de la reine Ann, les coneflowers et l'asclépiade qui se trouvaient dans le champ en jachère. Des abeilles et des papillons se sont élevés dans les airs pendant que je marchais. Je suis arrivé à la porte arrière de la maison de mon père, j'ai monté les escaliers en bois et je suis entré dans la salle de boue arrière. Sur la droite mène un escalier dans un sous-sol musqué. J'ai monté les deux escaliers recouverts de vinyle et je me suis retrouvé dans la cuisine. Virginia était occupée à préparer le dîner. « As-tu eu une belle promenade, ma chérie? » demanda-t-elle doucement. « Très gentil, merci » « Ton père est dans le bureau en train de regarder le match. »

Je suis entré dans le petit bureau confortable. Papa dormait sur une chaise inclinable. Le match des Cubs était à la télévision. Je me suis assis. Papa s'est réveillé. « Salut, moi, as-tu passé un bon moment aujourd'hui? » « J'ai fait une promenade sur l'ancien sentier indien. » « Je n'ai pas marché sur ce sentier depuis des années. Est-il toujours ouvert? » Papa s'est renseigné. « C'est un peu envahi par la végétation au début, mais clair plus loin en arrière. » « Vous et Tom aimiez jouer là-bas quand vous étiez jeune, n'est-ce pas? » « Oui, nous avons utilisé to trouver des pointes de flèche. » « Vous aimiez tous les deux grimper aux arbres aussi, n'est-ce pas? » Papa me regarda attentivement. J'ai souri, « nous en avons escaladé quelques-uns. » « Aimez-vous regarder le match de balle? » « Mon ami Tommy Lynch écoutait les Dodgers à la radio. Si nous le regardions, nous éteignions le son et écoutions la radio à la place. » « Hé, c'est une bonne idée. J'essaierai ça un jour. Papa a répondu.

« Au fait, vous souvenez-vous de Rudy Valstorff du bas de la rue? Je suis le chef du département des autoroutes de l'État à La Porte. Tu commences à travailler Monday. » S'exclama fièrement papa. « Génial », répondis-je sincèrement. J'étais totalement à court d'argent et j'avais besoin d'un emploi rapidement. Je respirais plus facilement. « Dîner, vous deux, » appela joyeusement Virginia.

Autoroute d'État

Je me suis réveillé avec mon réveil de voyage avant l'aube lundi matin. J'aiglissé rapidement sur mon Levi's bien usé, une chemise à manches longues et ma chemise en laine Pendleton à carreaux bleus. Papa était à la table à manger en train de manger de la farine d'avoine, du pain grillé, du jus d'orange et du café. Virginia se tenait au comptoir de la cuisine dans ses pantoufles moelleuses et sa lourde robe de nuit qui allait presque au sol. Sa silhouette ample et ses cheveux blonds dorés épais qui étaient habilement enveloppés sur sa tête la rendaient attrayante même à cette heure du matin.

« Bonjour, ma chérie. est-ce que la farine d'avoine, d'accord? Ton père a toujours de lafarine », regarda-t-elle affectueusement papa. « C'est bien, j'aime la farine d'avoine », ai-je répondu somnolent. « Vous attendez avec impatience votre premier jour? » Papa a demandé en plaisantant « Bien sûr. » « Détendez-vous pendant les premiers jours. Tu sais, certains de ces personnages ne vont pas te frapper les cheveux longs », a averti papa « Je suppose qu'ils devront juste s'y habituer », ai-je répondu avec défi. Papa baissa les yeux sur sa farine d'avoine pendant qu'il mangeait, peut-être un peu gêné. « Papa, je vais essayer de me détendre », lui ai-je rassuré.

J'ai descendu le patio en briques jusqu'à la petite voiture de sport noire recouverte de rosée. Il faisait froid à l'intérieur de l'intérieur en cuir qui était protégé par un dessus en vinyle usé par les intempéries. J'ai tourné la clé, appuyé sur le bouton de démarrage et le moteur à quatre cylindres musclé a pris vie avec un rugissement. La sensation du volant recouvert de cuir dans ma main me donnait l'impression de tenir quelque chose de vivant dans mes mains.

L'air du matin était calme et il y avait un brouillard au sol. Ce n'était pas épais à la maison, mais quand la route de campagne traversait les champs, elle devenait plus profonde et plusprofonde. Quand je conduisais à travers des endroits bas, je ne pouvais pas voir du tout. Je me glissais lentement et quand la route montait plus haut, le sommet de la petite voiture regardait au-dessus d'une mer de nuages blancs. J'ai cherché des poteaux de clôture afin de rester sur la route. Quand je suis finalement arrivé àLa Porte, le brouillard s'est dissipé.

Je me suis tourné vers la cour de l'autoroute d'État et j'ai trouvé un endroit pour me garer à côté des autres voitures. Le grondement de Triumph perturboussa la matinée tranquille. Je suis sorti, j'ai étiré mes jambes et j'ai retiré le pantalon serré de mon entrejambe. Je n'ai pasglacé un petit groupe d'hommes debout de l'autre côté de la cour et ils me regardaient tous. Un grand homme à tête blonde se tenait au centre du groupe. Ses yeux bleus brûlaient un trou en moi. Ses cheveux ont été poussés sur les côtés et les cheveux se sont formés au-dessus de sa tête en une touffe qui est tombée sur son front comme un ressort. Même s'il faisait froid, il portait un tee-shirt avec un paquet de cigarettes retroussé dans la manche. J'ai regardé brièvement en arrière, puis j'ai évité les yeux.

Le département des routes de l'État était une collectionde bâtiments en acier, d'asphalte et d'équipement lourd. Il y avait un bâtiment métallique caverneux qui était chargé d'équipement à travers la grande porte enroulable. C'est là que la plupart des hommes s'étaient rassemblés avec le bavardage bruyant des ouvriers qui se connaissaient bien et étaient habitués à travailler ensemble à l'extérieur dans les éléments. De l'autre côté de la chaussée bien usée se trouvait un bâtiment d'entretien plus petit. Rudy Valstorff m'a rencontré dans la cour et m'a dit d'aller dans le plus petit bâtiment et de voir Chris, qui était le gestionnaire. Je me suis dirigé vers le bâtiment en acier qui avait de la peinture qui s'écaille et des veilles rouillées. J'ai rencontré Chris à la porte.

« Rudy t'a assigné à mon équipage. Je vous ai dit de vous aider à faire connaissance. Vous venez de Californie? » Chris était de corpulence moyenne, rasépropre, avec des cheveux foncés bien soignés. J'étais d'origine est-européenne comme beaucoup de ceux qui vivaient dans et autour de La Porte. Il parlait doucement et avait une nature douce, mais j'avais un comportement mélancolique. « Je passe l'été avec mon père. Cela fait longtemps que je ne suis pas ici », ai-je répondu. « Vous remarquerez que mon ministère peut vous sembler un peu étrange. Je vous en parlerai plus tard. Entrez et prenez une tasse de café. Bienvenue à bord.

Quand je suis entré dans le bâtiment en béton et en acier, je suis entré dans une pièce à courants d'air avec des bureaux de travail autour du périmètre et des tables à lunch vers le centre. Il y avait des hommes rassemblés en petits groupes qui parlaient tranquillement. Un homme noir plus âgé a poussé un balai; Je n'ai pas levé les yeux et je n'ai pas semblé nettoyer le sol des débris. Il y avait une cabine en verre surélevé dans un coin où un homme qui avait une grande mâchoire était assis à l'intérieur en grinçant des dents. À l'extrémité de la pièce, un homme aux grands yeux saillants était assis comme un lapin qui sentait le danger. Un homme gentiment plus âgé, qui semblait regarder dans l'espace, a chuchoté « Coffee dans le coin. » Alors que je versais du pichet à café Pyrex dans la tasse en polystyrène, l'homme blond que j'avais vu dehors est entré avec une fanfaronnade. Il était facile d'observer que j'avais une fois été plus musclé parce que la peau pendait lâche sur ses bras, although il ne semblait pas reconnaître le changement.

« Jim! » Eddy appela de l'autre côté du garage le regard de peur quittant son visage. Eddy avait de grands yeux saillants sur une grande tête ronde qui était assise sur un cadre qui était penché alors qu'il se déplaçait rapidement à travers la pièce. « Hallo Eddy » Jim a rappelé alors que je m'arrêtais pour parler à certains des autres. Eddy a traversé le sol pour aller me tenir près de Jim. Il rayonnait en suivant Jim à travers des salutations ritualisées.

Je me tenais dans le coin en buvant le café faible et j'ai commencé à réaliser que presque tout le monde avait un défaut personnel qui le distinguerait de la population générale des travailleurs. Chris est venu donner à tout le monde sa mission de travail pour la journée. Chris, comme Jim, était quelqu'un que tout le monde semblait admirer. Les visages se sontréveillés quand il est venu individuellement pour leur demander comment ils allaient et leur donner leurs tâches. « J'ai travaillé avec Bill la semaine dernière, laissez quelqu'un d'autre travailler avec lui aujourd'hui. » l'un des hommes s'est plaint. « Laissez-moi voir ce que je peux faire, mais faites-moi une faveur et travaillez avec lui aujourd'hui, d'accord? » Chris répondit doucement. « Ok Chris, si je veux. » J'ai répondu avec un sourire de mouton. Chris m'a surpris en train de regarder la scène et a jeté un regard compréhensif.

Alors que tout le monde partait pour aller travailler, Jim s'est promené jusqu'à l'endroit où je me trouvais, suivi d'Eddy. « Tu vas travailler avec nous aujourd'hui gamin. Nous allons vous montrer les ficelles du métier. « Ouais, les cordes. » Eddy est intervenu.

Ils ont traversé la chaussée en esquivant les camions à benne basculante et les camionnettes quittant la cour. À l'extrémité du lot se trouvait la cabine d'équipage Dodge la plus délabrée que j'aie jamais vue. Il avait de la peinture jaune qui s'était usée au fil des ans, et les pneus étaient gros, vieux et fissurés. À l'intérieur, le vinyle était déchiré et la cabine était sale. Eddy a sauté dans le siège du fusil de chasse comme un petit garçon qui se préparait à aller dans un parc d'attractions. J'ai balayé le siège et poussé les ordures hors du chemin avec mon pied alors que je grimpais à l'arrière. Jim a fait une inspection tranquille de l'intérieur avant de monter derrière le volant. Après un pompage vigoureux de la pédale d'accélérateur, le moteur a titubé à la vie avec des crises et des poussées, et s'est finalement installé dans un ralenti inconfortable.

« Je dois la laisser s'échauffer un peu avant de décoller. Elle est un peu rude quand elle a froid. » Jim s'exclama d'emblée. « Elle est un peu rude quand elle a froid. » Eddy a répété. Jim a finalement poussé dans l'embrayage et a mis la transmission à la terre en première vitesse. Le gros vieux camion boxy s'est fermé et a gémi à contrecœur avant de glisser lentement vers l'avant. « Nous allons ramasser des ordures et tuer des routes aujourd'hui. » Jim a déclaré avec autorité. « Nous allonsm'amuser une journée facile. D'accord, Eddy? » « Une journée facile, Jim. » Eddy sourit en réponse.

Nous avons commencé sur la route très fréquentée le long des autoroutes de l'État pour ramasser les déchets, nettoyer la faune aplatie et ramasser les ordures des poubelles aux haltes routières. « Il y en a un gros! » Jim a fait remarquer alors que je tirais le véhicule sur l'accotement de terre. « Un gros gros 'coon! » remarqua Eddy. « Il n'a pas l'air trop mûr. »

Je suis sorti de la cabine avec Eddy. Il a attrapé une grosse pelle à large lame en aluminium du lit du camion et a commencé à gratter la carcasse sur le bord de la route. Les corbeaux avaient déjà commencé à ramasser la chair. Les charognards noirs préfèrent laisser la chair ramollir au soleil jusqu'à ce qu'un certain arôme ait été atteint en règle générale, m'a dit Eddy. J'ai tenu un sac en plastique ouvert pendant qu'Eddy déposait les restes odorants. « C'était un gros problème. » Eddy remarqua joyeusement que Jim ramenait le camion sur l'autoroute, ce qui ralentissaitle trafic derrière eux. « Eh bien, videz les ordures à la halte routière, puis nous ferons notre premier arrêt café au restaurant », a déclaré Jim.

Nous sommes entrés dans le restaurant sur l'autoroute 20 par US 39 entre La Porte et South Bend. Toutes les serveuses vieillissantes connaissaient Jim and Eddy par son nom. « Qui est le nouvel enfant? » une petite femme en surpoids avec un tablier rose gras a appelé Jim de l'autre côté de la pièce. « Je viens de Californie. N'est-il pas joli? » Jim a rappelé alors que nous nous installions sur les tabourets de bar. « Ouais, joli! » Eddy répéta en souriantà Jim. Toutes les serveuses semblaient très intéressées par le fait qu'il y avait quelqu'un de Californie ici, alors j'ai dû raconter que je rendais visite à mon père et que j'avais vécu dans le canton de Galena quand j'étais enfant. On m'a demandé si je savais ceci ou cela person et ils ne seraient pas satisfaits jusqu'à ce que nous trouvions quelqu'un que nous connaissions en commun. « Connaissiez-vous la famille Wicks? Ils vivaient de cette façon, avaient une grande maison blanche avec de belles stalles de cochons à l'arrière. « Oh oui, je pense que je me souviens d'eux, sur 900 nord, n'est-ce pas? » J'ai menti. « Oh oui, 45O est, je me souviens. » J'ai répondu après avoir été corrigé.

Jim était amusé que j'étais mal à l'aise d'être sous les projecteurs et s'est fait un devoir de répéter le script chaque fois qu'ils s'arrêtaient. Eddy était préoccupé et fier que je sois avec tantde moi générant une telle attention. Il ajoutait parfois un commentaire sur un endroit où j'avais été ou sur quelqu'un que j'avais connu. Les serveuses l'écoutaient poliment parce que ce n'est pas la façon de rabaisser quelqu'un à cause d'unhandicap mental. C'est ce que les citadins ont fait pour accroître leur propre importance personnelle, je pensais.

Ils ont passé le reste de la journée à voyager le long des autoroutes pour nettoyer les ordures et les accidents de la route pendant que Jim leur racontait mes actes de virilité. À mon époque, j'avais été athlétique. Alors que nous passions par le lac Saugany, il a fait remarquer : « J'avais l'habitude de nager ce lac d'un côté, puis de revenir sans m'arrêter. Parfois, je faisais le dos. » « Jim était un grand nageur, n'est-ce pas, Jim? » Eddy avait entendu les histoires plusieurs fois auparavant. « Ta foutue plate-formeht j'étais, Eddy, et j'étais l'un des meilleurs lutteurs de cette partie du comté. Il y avait beaucoup de fella désolés qui ont fait une passe à l'une de mes filles. Je ne leur ai jamais vraiment fait de mal à personne, et jamais plus qu'ils ne le méritaient. »

Le lendemain matin, je suis arrivé tôt au département de la haute voie de l'État. Les hommes ne s'étaient pas encore rassemblés comme ils l'avaient fait hier. Chris s'est arrêté dans la cour au volant d'une vieille fourgonnette multi-passagers. Beaucoup d'hommes qui travaillaient pour Chris se sont empilés hors de la camionnette et se sont dirigés vers le petit buding d'acier et de bétonqui avait de la peinture jaune qui se décollait en grandes bandes. J'ai suivi les inadaptés dans l'intérieur moite. Certains des hommes se sont dirigés vers un rack qui contenait des balais et sont allés trouver leur favori avant que quelqu'un d'autre ne le prenne. Quelques-uns des hommes ont commencé à balayer, les autres ont pris leurs balais pour les tenir alors qu'ils s'asseyaient sur l'un des bancs. Chacun avait sa place et la gardait jalousement. Eddy est entré dans la pièce, s'est arrêté à la porte, a regardé autour de lui avec prudence, puis a fait une queue d'abeille à mon J'ai attrapé une tasse de café et attendu. Certains des autres hommes ont filtré et se sont assis en silence.

Jim se promena . Ceux qui étaient plus conscients de leur environnement levaient les yeux et leurs visages s'éclaircissaient. « Jim! » Eddy a appelé de l'autre côté de la pièce et a rapidement pris ma place à côté de Jim. Il a fait le tourde la pièce en fanfaronnant d'homme en homme acceptant l'hommage . Chris est sorti. Beaucoup d'hommes se sont rassemblés autour de lui en se tournant vers lui pour obtenir une direction. J'ai parlé gentiment à chacun d'entre eux en montrant une réelle préoccupation. il est venu vers moi.

« Eh bien, comment s'est passé le premier jour? » « Très bien. » J'ai répondu : «Donnez à nouveau un coup de main à Jim et Eddy, d'accord ? » « D'accord. » J'ai dit

Jim, Eddy et moi avons traversé la cour animée et sommes montés dans la vieille Dodge. Jim a dû pomper l'essence. Il a fallu quelques essais pour que la vieille bête commence. Eddy rebondit sur le siège avec anticipationn. « Installez-vous, allez-vous? » Jim s'est renfrogné. « C'est trop tôt. Qu'est-ce que les cheveux longs ont à dire ce matin? » « Bonjour », ai-je répondu. « Comme l'enfer, j'ai la gueule de bois. » Eddy regarda Jim avec inquiétude alors que le camion se dirigeait vers l'avant hors de lacour.

Ils sont sortis sur la route nationale 2 et n'étaient pas allés loin lorsque l'odeur d'une mouffette est devenue accablante. Jim a retiré le véhicule forestier sur l'accotement où la mouffette gisait aplatie vers le milieu de la route à quatre voies. « Nous avons pu regarder traffic et sortir et gratter rapidement », a averti Jim. « Sortez et préparez la pelle, mon garçon. Eddy, tu restes près du camion avec le sac poubelle, et scelle la maudite chose en bon ! Bougez sur Boy! »

J'ai glissé hors du camion et j'ai attrapé une grosse pelle à lame plate en aluminium avec son bord bien usé du lit et j'ai attendu une pause dans la circulation. « Allez-y garçon, nous n'avons pas toute la journée! » Jim sonna de l'intérieur de la cabine.

Je me suis précipité au milieu de la route et j'ai essayé de gratter la carcasse puante de la route. Une voiture approchait rapidement. J'ai couru hors de la route pour retourner au camion juste à temps. Jim rugit de joie. Eddy a ri avec Jim alors que je me tenais avec le sac à côté du camion. « Retourne là-bas, mon garçon! » Jim a hurlé. Je suis sorti en courant pendant une courte pause dans la circulation, j'ai ramassé la masse puante dans la large pelle et j'ai quitté la route juste à temps avant qu'un camion ne s'élance en faisant sauter son klaxon.

Jim rugit de joie. Eddy riait alors que je tenais le sac ouvert pour que je dépose la carcasse. Je ne pensais plusrespirer l'air sans vomir. Je suis monté sur le siège arrière et j'ai eu mal au ventre. « Une sorte de sissy n'est-ce pas , garçon? Pas de mouffettes en

Californie ? Tu vas t'y habituer, n'est-ce pas Eddy? » Jim a ri « Sissy », Eddy a répondu avec un sourire narquois sur levisage terne de hi s.

Devant, il y avait une adolescente qui avait installé une table le long de la route. Elle avait des fleurs en plastique et des papillons qu'elle avait fabriqués en utilisant des fils comme formes. « Arrêtons-nous », déclara soudain Jim en freinant, et la vieille Dodge se serrasur l'épaule de terre. Il a mis le tranny à l'envers et s'est adossé près de la table dans un nuage de poussière. Nous avons ouvert les portes grinçantes et nous sommes allés voir la fille, ce qui, bien sûr, est la raison pour laquelle nous nous étions arrêtés. Elle était au milieu de l'adolescence, avait un hai r sombre et douxet était habillée de manière conservatrice. « Hey bébé! » Jim a crié « Qu'est-ce que tu vends? » « Juste ces ornements en plastique. » elle répondit doucement. « Ils sont presque aussi jolis que vous. » Jim sourit. La fille qui était évidemment très innocente a commencé à montrer son malaise. « Vouspouvez jamais sortir par vous-même? » Jim a pressé. Pendant le silence gênant, j'ai demandé: « Combien coûte celui-ci? », alors que je ramassais une fleur en plastique rouge transparent. Très soulagée, elle a levé les yeux vers moi et a souri : « Celui-là, c'est un dollar, mais si vous voulez, je peux choisir trois de mes favoris et les mettre dans l'une de ces bouteilles en verre pour vous pour deux dollars. » Pendant que nous parlions, j'ai jeté un coup d'œil en arrière à Jim qui avait un regard vide de reflet sur son visage. J'ai payé les fleurs, j'ai remercié la fille et nous sommes remontés dans le camion. Nous avons conduit ensilence au café suivant et nous nous sommes arrêtés devant. Jim nous a conduits à un stand plutôt que de nous asseoir au comptoir comme d'habitude. Nous nous sommes assis en silence après avoir commandé notre café jusqu'à ce que Jim brise brusquement la tension.

« J'espère que je ne vous ai pas gâché avec cette jolie pouliche little là-bas. Je suis terriblement désolé. Tu vois », fit-il une pause, « Je voulais juste une jeune chatte une fois de plus. » Eddy s'ennuyait nerveusement dans Jim. Il n'avait jamais entendu Jim s'excuser auprès de qui que ce soit pour quoi que ce soit auparavant. Il n'aimait pas le sentiment dans ses tripes. « Que voulez-vous dire, Jim? » « Eddy, j'étais malade. » Il a commencé après une pause: « N'avez-vous pas remarqué combien de poids je perdais? J'ai fumé pendant trop d'années, et maintenant ça m'a rattrapé. Je ne devrais même pas travailler maintenant, mais que dois-je faire? Vous savez que je n'ai personne à la maison. Je n'ai jamais voulu m'installer, et maintenant je n'ai plus personne. Ridin' autour de toi dans ce maudit vieux camion et boire au bar la nuit est tout ce que j'ai eu. »

Quand il a cessé de parler, il a tenu sa tasse de café dans les deux mains et l'a regardée la tête inclinée. La façade de l'invincibilité avait disparu. Maintenant, il y avait un enfant effrayé assis en face de moi. La peur avait surgi à l'intérieur d'Eddy, il s'agitait sur son siège et ses yeux se gonflaient encore plus. Je savais que j'aurais dû dire quelque chose pour apaiser la tension, mais je n'ai rien dit. Nous sommes retournés au garage en silence. Pendant les jours qui ont suivi, rouler avec Jim et Eddy dans la vieille Dodge qui claquait était sombre. Eddy ne laisserait pas Jim faire autre chose que conduire. Je pense qu'il pensait que s'il faisait tout le travail pour Jim, Jim irait bien. Jim parlait rarement. Il s'affaiblissait.

Un jour, il a cessé de venir travailler. Rudy m'a déplacé dans le magasin principal et dans une équipe de rapiéçage routier. J'ai passé les semaines suivantes derrière un camion à benne rempli d'asphalte chaud. L'été humide de l'Indiana a été ponctué de la vapeur mordante de goudron chaud. Le goo noir collant s'accrochait à la pelle et aux gants, et la vapeur imprégnait mes vêtements et mes narines. L'odeur est devenue une partie permanente de la vie, refusant avec ténacité d'être lavée. Ma belle-mère n'était pas contente, ni personne d'autre d'ailleurs.

Un jour, sous le soleil brûlant, au milieu de la chaleur torride et fumante du goudron , on m'a dit que Jim était mort. J'étais jeune et transparente aux douleurs et aux joies de la vie, et ça m'a mordu. Je n'étais pas endurci d'avoirconnu quelqu'un et de le faire mourir. Le soleil semblait plus brillant, les arbres plus vivants, et je me sentais triste. Quelques jours plus tard, Chris est venu me voir et m'a demandé de l'accompagner . Nous nous sommes rendus à la petite cabane d'Eddies près des voies ferrées dans une partie de wn rarement vue. Les maisons délabrées éparpillées avaient des pelouses en terre battue et des clôtures de piquetage brisées. Il y avait quelques entrepôts abandonnés où quelques chiens nervurés se faufilaient la tête vers le béton fissuré alors qu'ils nous regardaient passer.

Quand nous sommesarrivés à la maison d'Edd ies, j'ai remarqué le vieux badigeon usé, le toit affaissé et les écrans en bois manquants. Chris a dit que la maison avait appartenu à la mère d'Eddie avant sa mort, et maintenant il y vivait seul. Nous sommes montés sur le porche grinçant et Chris a frappé. Aprèsune minute environ, Eddy ouvrit la porte. Ses yeux étaient grands et rouges. Il avait pleuré.

« Salut Eddy. Vous n'êtes pas allé travailler depuis quelques jours, alors nous sommes sortis pour voir comment vous alliez. » Chris parla doucement. Eddy nous regarda avec de grands yeux de recherche. J'aireculé et j'ai essayé de sourire, mais il avait l'air si tragique. Il a finalement parlé: « Je ne veux pas aller travailler Chris. »

J'ai vu une parenté entre Eddy et Chris comme si Chris avait aussi été prisonnier de chagrin. « Vous devez travailler Eddy. Vous savez que j'ai fait beaucoup pour que vous continuiez à travailler ces dernières années, mais il n'y a pas grand-chose que je puisse faire. Nous sommes tous désolés pour Jim. Il aurait voulu que vous travailliez. « Pas aujourd'hui. » Eddy sanglota. Je savais que Chris m'avait amené pour aider à convaincre Eddy de venir travailler. Il attendait que je parle, mais je restais là muet dans le silence gênant. « Je serai de retour demain à sept heures. Soyez prêt à aller travailler. Nous avons besoin de vous. D'accord? « Ok Chris. » Eddy ferma la porte de sa chambre miteuse de chagrin.

Jene verrais pas Eddy pendant ma dernière semaine de travail pour l'autoroute de l'État. Les jours commençaient à raccourcir et la vie semblait plus mélancolique qu'à mon arrivée. Le maïs était grand et la verge d'or pendait un lourd jaune dans les prairies

Après mon dernier jour de travail, j'aicommencé une dernière mise au point sur la Triumph TR4 '63 que j'avais conduite de Los Angeles dans le passé des forêts de feuillus de l'Indiana quelques mois plus tôt. La voiture de sport anglaise breadbox avait deux carburateurs SU qui devaient être synchronisés à intervalles réguliers. Une fois que les pistons à vide qui transportaient les longues aiguilles de trois pouces loin de l'orifice de gaz se déplaçaient à l'unisson, permettant à l'essence d'être aspirée avec la même férocité dans les cylindres, et que l'échappement émettait un rugissement étouffé lorsque l'accélérateur était ouvert, j'étais prêt.

Il y avait eu une averse l'après-midi. Le sol sablonneux émettait un doux parfum piquant. Les verts sont devenus émeraude au crépuscule. Papa marchait entre les rangées de jeunes plantes de pépinière. Il portait une salopette Carhart brune, et les genoux étaient àgenoux sur les jeunes plantes. Son chapeau de tissu court et à bords était avancé alors qu'il se dirigeait vers la ruelle pour me rencontrer.

« Je vais décoller », ai-je appelé alors qu'il s'approchait. Êtes-vous sûr de ne pas rester pour le souper? » il répondit : « Marie sera à la maison ainsi de suite. » « Non, je veux faire quelques kilomètres ce soir, merci quand même. » « Avez-vous assez d'argent? » « Ouais, je suis bon. » J'avais quitté la Californie quelques mois plus tôt avec cinquante dollars en poche. J'en avais encore vingt quand je suis arrivé dans l'Indiana. « Avez-vous besoin de faire le plein d'essence? J'en ai beaucoup dans le réservoir. Il avait un grand réservoir d'essence rouge d'apprêt soutenu sur des pieds en fer d'angle pour son équipement agricole. « Non, je suis presque plein. Dites au revoir à Marie et merci. « Avez-vous une courroie de ventilateur de rechange? Vous ne savez jamais quand vous pourriez en avoir besoin. Bienqu'il fût électricien de métier et qu'il était bon en plomberie et en menuiserie, il n'avait jamais été mécanicien automobile. Il avait une préoccupation primordiale au sujet des courroies de ventilateur. « Je vais en prendre un en chemin. » J'ai menti. Alors que je m'éloignais, il a crié: « Gardez -er under eighty! » J'ai regardé en arrière, j'ai fait signe et j'ai souri en glissant la voiture de sport noire brillante en première vitesse et en relâchant l'embrayage.

La boîte à bananes

Rocketdyne a été construit à la fin des années quarante au milieu des orangeraies de l'ouest de la vallée de San Fernando, au nord de Los Angeles. Les scientifiques nazis qui avaient développé la fusée V2 qui avait fait pleuvoir la destruction sur la Grande-Bretagne ont été transplantés dans la Californie du Sud pour développer des moteurs de fusée pour les ICBM qui dissuaderaient la menace russe rouge. L'installation massive gonflerait à plus de vingt-cinq mille employés pendant la course à la lune des années soixante. Quand j'ai commencé à travailler chez Rocketdyne dans les annéesquatre-vingt, ils construisaient la navette spatiale ainsi que des moteurs de fusée militaires.

J'avais été apprenti électricien dans la construction avant d'aller travailler comme électricien chez Rocketdyne. J'ai suivi des cours d'électronique après quelques années et je suisdevenu technicien en électronique. Mes collègues techniciens et moi étions responsables de l'entretien et du dépannage de la myriade de machines de travail des métaux et d'équipements de traitement nécessaires à la construction des divers types de moteurs-fusées à carburant liquide.

C'était un matin d'hiver détrempé quand j'ai traversé l'atelier d'usinage dans le vaste bâtiment métallique à courants d'air. Il y avait une raquette assourdissante de machines poussant leurs outils de coupe tranchants à travers des métaux exotiques. Les pièces étaient destinées à l'intérieur des moteurs-fusées massive où l'hydrogène liquide et l'oxygène étaient pompés sous d'énormes pressions à travers une buse où il était allumé dans une explosion contrôlée.

Les machinistes étaient assis avec des regards vides, l'esprit dans un endroit lointain, alors qu'ils regardaient les copeaux de métal sauter des lames rotatives. Si j'attrapais l'un des yeux fascinés, il revenait brièvement au présent pour me sourire. Ils étaient envieux de la liberté des travailleurs d'entretien de se promener dans l'atelier. Il y avait un courant d'air froid dans la haute baie building les matins comme celui-ci, et un brouillard d'huile dans l'air laissait un résidu glissant sur toutes les surfaces exposées. J'ai fait attention à mon pied sur le sol en béton enduit d'époxy ébréché et usé alors que je passais en chemin vers l'atelier d'entretien .

Ce matin, j'étais commesigné la tâche de réparer un grand tour de tourelle verticale qui était « descendu » la nuit précédente. C'était une vieille monstruosité hydraulique qui fuyait de l'huile partout et qui était dangereuse à marcher à cause du sol glissant. Même l'armoire électrique contenait de l'huile. J'ai fait mon apparition, vérifié les fusibles et les surcharges, cherché des interrupteurs de sécurité qui pourraient être ouverts, parlé avec l'opérateur de la façon dont ses enfants allaient, puis je suis parti à la recherche de Sandy.

Sandy était une grande ingénieure de maintenance en surpoids et mal habillée qui avait été technicienne lorsque j'ai embauché, mais qui avait été promue peu de temps après. Il était la version des années soixante d'un geek. Lui et ses copains de lycée ont construit des émetteurs AM pirates et des radios amateurs qu'ils ont installés dans divers endroits de la vallée de San Fernando pour jouer de la musique interdite et promouvoir la pensée radicale. Sandy avait également construit des moteurs pour les hot rods qui intimidaient les autres personnes naviguant sur le boulevard Van Nuys les vendredis et samedis soirs depuis le milieu des années soixante. Il y avait peu dechoses sur la technologie électronique ou mécanique actuelle que Sandy n'avait pas maîtrisée.

J'ai monté l'escalier miteux jusqu'au deuxième étage de l'atelier d'entretien où Sandy avait son bureau. Il y avait peu de place pour s'asseoir dans sa petite cabine parce qu'elle était entassée avecdes pièces électroniques et mécaniques que Sandy avait sauvées de la poubelle. Il était assis à travailler le clavier sur son bureau, mais il a dû se pencher pour l'atteindre parce que l'espace sous son bureau était plein de vieux tubes à vide qu'il avait sauvés de la destruction. Il aannoncé sa chemise habituelle en polyester à manches courtes à carreaux qui était coupée carrée et ouverte sous son ventre. Il avait sur des jeans en denim qui semblaient être d'un matériau extensible à cause de la façon dont ils s'accrochaient à ses cuisses massives. De vieilles taches d'huile et de graisse donnaientl'impression qu'il n'était pas propre, mais c'était rarement le cas. Ses chaussures recouvertes d'une fine couche de poussière rouge étaient assises d'un côté de son bureau. L'une des chaussures a été arrachée à la couture inférieure, les lacets ont été cassés et n'ont été lacés qu'à mi-hauteur . Il s'assit en massant ses pieds sur le vieux tapis usé. Il avait une chaussette noire et une chaussette bleue sur ses grands pieds et un gros orteil dépassait d'un trou dans la chaussette noire.

Je me tenais dehors à attendre avant de le déranger. Il leva les yeux, me vit, fit un grand sourire et dit: « Jim alee! Il y a tellement Lee, Mar Lee, Jim alee et Sandi lee! Il était assis là avec un grand sourire en attendant que je donne la réponse appropriée.

« Oui », ai-je accepté, « il y a tellement Lee, Marley, Jim Lee et Sandy Lee. » Il se moquait toujours de mon nom de famille et essayait de faire de tout le monde un « Lee ». Sur ce, il sortit sa grande main, les doigts tendus, attendant que je lui serre la main. Sandy mesurait environ 6 pieds 2 avec un corps massif et des extrémités assorties. Ce ne devait pas être une poignée de main normale. C'estun concours pour voir qui pourrait écraser la main de l'autre. J'étais venu demander une faveur et je ne pouvais pas refuser le défi. J'avais une bonne prise, mais mes mains étaient petites. Sandy savait qu'il avait l'avantage. Il a tendu ses doigts pour rendre sa main aussi grosse que possibleafin que je ne puisse pas avoir une bonne prise autour de sa grosse main de crêpe. J'ai musclé mon courage, j'ai attrapé rapidement la main tendue et j'ai essayé de faire passer mes doigts le plus loin possible dans le dos de sa main. Mais avant de pouvoir obtenir une bonne prise, je me suis sentique la main commençait à serrer autour de mes jointures. Il se serra plus fort en me regardant attentivement avec ses yeux bleus qui étaient assis près les uns des autres perchés sur un nez qui n'était ni pointu ni bulbeux mais qui était tout simplement énorme. J'ai sorti ma main avec un effort violent poursaisir l'étau avant que des dommages permanents ne soient causés. Il m'a regardé avec un sourire victorieux.

« Toi fils de pute », ai-je grogné. Mon commentaire lui a procuré un grand plaisir.

« Koppee? » demanda-t-il avec une tête arrogante. Lee était donc un technicien coréen qui disait « café » à la manière coréenne, «koppee». Sandy avait adopté cette prononciation pour rib so. Peu importe si Sandy voulait vraiment du café ou non, cela faisait partie du rituel si vous vouliez son aide.

Après avoir acheté du café pour Sandy, mais avant que je puisse commencer à lui parler du problème avec la machine, Brunsky est entré dans le box exigu. Brunsky était un ingénieur des installations qui avait son bureau à côté de celui de Sandy. Il est entré, s'est penché pour murmurer quelque chose à l'oreille de Sandy, ils ont tous les deux gloussé et il est sorti. Si Brunsky avait un prénom, je l'aurais oublié. Il n'était que Brunsky. Il vivait pour la blague pratique; tout le reste était secondaire par rapport à cette véritable raison de son existence. Il avait trouvé un partenaire dans le crime avec Sandy. Il a rarement initié un plan sans le consulter sur des questions de personnalité et de tactique. Le reste d'entre nous se méfiait naturellement de Brunsky, même s'il était de bonne humeur et ne blesserait intentionnellement les sentiments de personne.

Chuck Neistroy était un ingénieur des installations léger, chauve et silencieux avec qui Brunsky s'est lié d'amitié comme une araignée se lierait d'amitié avec une mouche. Chuck a caché son incompétence professionnelle derrière un masque d'inquiétude solennelle, comme le font beaucoup de ceux qui ne sont pas bons dans leur travail. Il portait religieusement une banane au bureau chaque jour pour manger à l'heure de la pause. C'est ce trucqui a donné l'indice du coup de gras de toutes les blagues pratiques. Que

Brunsky ou Sandy ait initié l'idée dépendait entièrement de l'un d'entre eux à qui vous parliez.

Chaque jour, quand Brunsky avait un moment clandestin, il prenait la banane Chucks et la pressait de haut en bas. Lorsque l'heure de la pause arrivait, la banane de Chuck devenait brune et pâteuse. Cela a continué tous les jours pendant quelques semaines lorsque Chuck l'a finalement mentionné à Brunsky qui s'était consciencieusement abstenu de toute mention de la banane. « Je ne peux pas le comprendre », se plaignit Chuck à Brunsky qui se trouvait juste au bureau de Chuck en passant l'heure de la journée. « Chaque jour, ma banane va mal. Je ne peux pas le comprendre.Brunsky réfléchit attentivement avec un regard d'inquiétude intense pour le problème de ses amis. « Où mettez-vousla banane quand vous l'apportez le matin? « Eh bien, juste ici sur mon bureau », vint la réponse. « Juste dans la lumière? » Brunsky s'enquit. « Oui », répondit Chuck. « Eh bien, il y a votre problème ». « Quoi? » « Vous mettez la banane juste sous les lights fluorescents », a déclaré Brunsky avec autorité. « De quoi parlez-vous? » Chuck a plaidé. « Je vous dis quoi; Je ne peux pas croire que vous ne le saviez pas. Demandons à Sandy. »

Brunsky a amené Sandy et a essayé d'expliquer le problème de la banane. « Qu'est-ce que tu m'asking à propos d'une foutue banane? Nous avons des moteurs de fusée à construire », s'est exclamé Sandy comme s'il lisait un script bien répété. Brunsky a expliqué que c'était un problème important pour son ami Chuck. Après que la situation ait été expliquée en détail, Sandy a demandé: « La banane était-elle sous les lumières fluorescentes? » Chuck répondit docilement: « Oui ». « Eh bien, à quoi diable vous attendiez-vous? » Sandy répondit. « C'est la maudite fréquence de résonance de ces vieux luminaires fluorescents qui le fait. Je suis surpris que vous ne le sachiez pas », a déclaré Sandy en regardant attentivement Chuck. Brunsky a failli briser un sourire, ce qui serait bien sûr le péché cardinal pour le joker pratique chevronné.

« Je me souviens d'avoir entendu quelque chose à ce sujet », pensa Chuck. À ce moment-là, Brunsky a dû sortir de la cabine sous prétextede devoir tousser. Il a simulé une toux, s'est pincé, a contenu un rire et est retourné dans la cabine de Chucks face à face. Il jubilait pour lui-même, les fils de gossamer tournaient invisiblement autour de sa proie sans méfiance. Sandy resta silencieusement pendant que Chuck continuait: « Oui, je me souviens d'avoir entendu cela il y a quelque temps, mais j'ai dû oublier. Peut-être que si je mets la banane dans le tiroir du bureau, tout ira bien. » « Non, ça ne le fera pas Chuck », répondit Sandy utilement, « cette foutue fréquence passera à travers le métal ». « Bien sûr, », dit Chuck, « qu'est-ce que je vais faire? » C'était l'ouverture dont Brunsky rêvait. « J'ai entendu dire que le bois est la meilleure protection pour une banane. Qu'en pensez-vous Sandy? » « Oui », a convenu Sandy, « une bonne boîte en bois massif serait best. Pas du tout cette merde de pin non plus ». « Laissez-moi voir ce que je peux faire », suivit Brunsky ; « JT me doit une faveur. Laissez-moi voir ce que je peux faire pour toi Chuck ol' buddy ». « Ouais, vieuxcopain », Sandy n'a pas pu résister à une dernière côte.

Je suis arrivé au bureau juste à temps pour voir Sandy avec sa main tendue vers Brunsky avec ses doigts grands ouverts, et le regard écarquillé d'inquiétude de Brunsky regardant en arrière. Alors que je quittais le bureau, j'ai entendu un cri sourd: « Jésus-Christ! », puis alors que je commençais à descendre les escaliers, j'ai faiblement entendu: « Koppee? »

JT était un charpentier portugais d'Hawaï. Il avait un accent particulier qui était un mélange des deux dialectes, mais ce qui le distinguait était le volume de son discours. Tout le monde savait que JT était dans le bâtiment dès qu'il est entré. Il accostait le premier habitant imprudent qu'il rencontrait avec quelque chose comme : « Où étiez-vous ? Je pensais que tu venais me voir dans l'atelier du charpentier. Merde, je ne peux faire confiance à personne! » Il parlait toujours à plein volume de sorte que même au deuxième étage derrière des portes closes, tout le monde savait que JT était dans le bâtiment.

En tant que charpentier d'entretien, JT n'a pas souvent eu l'occasion de montrer sa véritable habileté avec le bois. Il avait été formé dans l'ancien monde en tant qu'ébéniste, alors quand Brunsky a expliqué la boîte de bananes à JT, il était plus que disposé à construire la boîte, non seulement pour montrer ses compétences, mais aussi pour faire partie d'une blague pratique bien conçue, ce qui était irrésistible pour tous les commerçants.

JT a construit une belle boîte en acajou avec des coins mitrés, des bords en dents de scie et un couvercle encastré bien ajusté qui s'est enclenché sans avoir besoin d'un loquet. Il y avait une traction lisse du doigt routerée le long du bord inférieur du couvercle, et les charnières en laiton poli étaient insérées dans le bois riche et lisse. Il auraitpu facilement être destiné à être une belle bijouterie portugaise ou une boîte à musique.

Il a ensuite été donné à Bert le peintre. Bert était noir, du moins dans la culture et les manières, mais il n'était guère noir. Sa peau était claire et il avait des taches de rousseur. Ses cheveux étaient bien bouclés, mais tout allait bien. Il ferait l'envie de nombreux surfeurs avec des coiffures touffues perméables. Bert était cool. Non, Bert était la quintessence du cool. Il parlait doucement, ne s'excitait jamais et riait rarement. S'il riait, c'était calme et retenu. Il était smooth. Il parlait doucement et il marchait doucement. J'aimais m'arrêter à l'atelier de peinture et écouter le jazz qu'il jouait sur sa chaîne stéréo. Il parlait de qui jouait avec qui pendant quelle année et de l'expression musicale de l'époque .

Comme JT, il a rarement eu l'occasion de montrer son talent de peintre. Bert était un artiste. La boîte exquise que JT lui avait confiée est devenue le véhicule de son art. Il a écrit à la main dans une calligraphie fluide « banane » en vert forêt ombragé de jaune sur le dessus dela boîte. Il a ensuite laqué la boîte à plusieurs reprises avec un polissage de laine d'acier léger entre les manteaux. Le résultat a été un éclat brillant profond exquis sur l'acajou à grain fin.

Quand le jour est enfin arrivé pour la présentation de la boîte à Chuck, les gens sesont promenés dans le bureau avec toutes sortes d'excuses pour être là. Presque tout le monde dans le service de maintenance était dans la blague, sauf ceux sur qui on ne pouvait pas compter pour respecter la loi du silence de maintenance. Ceux qui n'avaient pas été rendus aucourant du secret étaient déconcertés par la congrégation qui se réunissait. Il y a eu un silence, puis quelqu'un a chuchoté « Ils viennent!

JT monta les escaliers en portant la boîte suivi de Bert. Alors qu'ils entraient dans la zone de bureau, l'assemblage s'est éloigné et a ouvert un chemin vers le bureau de Chuck. Il y avait un silence révérencieux, sauf quand un halètement a été entendu alors que la boîte était vue pour la première fois par la foule. Le couple se dirigea vers le bureau de Chuck et tendit la boîte à Brunsky qui l'attendait avec impatience . Chuck était aussi perplexe que quiconque ce matin-là, mais jusque-là, il ne se rendait pas compte qu'il était au centre de la procédure inhabituelle. Il était complètement déconcerté alors qu'il regardait Brunsky tenant la belle boîte.

« Chuck », a commencé Brunsky, « Nous avons construit cette boîte pour que vous puissiez garder vos bananes. JT et Bert ont fait ça, mais c'est de nous tous ». Brunsky avait le vertige dans l'estomac alors qu'il se préparait aux inévitables guffaws et commentaires narquois que noussommes sûrs de suivre de la foule. À sa grande surprise, il n'y avait aucune trace de moquerie de la part de la horde. Un moment de triomphe avait été volé par la force invisible de la compassion. Tout le monde regardait gentiment Chuck en attendant sa réponse.

Chuck amis la boîte dans ses mains, a ouvert et fermé le couvercle plusieurs fois en sentant l'ajustement et la finition parfaits du cadeau. L'émotion l'a vaincu. Ses yeux se sont levés, il a levé les yeux vers tous les yeux amicaux qui le regardaient, et il a chuchoté: « Merci », puis il a répliqué: « Merci ». Il baissa les yeux sur le beau présent alors que les gens commençaient à se déformer. Un par un tout au long de la journée, des collègues sont venus admirer le cadeau. Chuck avait amoureusement placé sa banane non molestée dans la boîte ce jour-là, et bien sûr, elleavait conservé sa fraîcheur. Il l'a placé sur l'étagère supérieure de son bureau à côté de l'allée afin de pouvoir continuer à travailler car la boîte de bananes était admirée les jours suivants. Il n'avait jamais été aussi populaire.

Au fil des jours et des semaines, la boîte àbananes est un sujet de conversation dans l'atelier. Ceux qui travaillaient avec des outils ont accepté que c'était une blague pratique bien conçue et exécutée qui serait difficile à améliorer. Lorsque Brunsky a traversé la boutique, il a été accueilli par des vagues envieuses et des sourires. Personne ne pouvait comprendre pourquoi il semblait si distrait.

L'histoire de la boîte à bananes a également fait son chemin dans les bureaux d'accueil où les directeurs, les vice-présidents et les secrétaires richement vêtus avaient leurs bureaux. Nous avons appelé ces bureaux « rangée d'acajou». Bien que l'idée que la boîte ait fait partie d'une blague pratique élaborée ait été discutée, les gestionnaires de haut niveau n'en étaient pas si sûrs. Ils discutaient avec autorité d'autres possibilités pour la disparition de la banane dans un environnement de bureau avec lessecrétaires de poupée Barbie qui levaient les yeux admiratifs vers leurs patrons et étaient complètement d'accord. « Oui », a-t-on entendu un directeur des opérations dire, « Il est temps que nous fassions appel au département d'ingénierie pour examiner ce phénomène de la banane ».

Il y avait un flux degestionnaires et d'ingénieurs qui se sont présentés au bureau de Chuck Neistroy pour voir la boîte et poser des questions bien pensées qui pourraient aider à l'enquête. Chuck n'était que trop heureux de répondre à toutes les questions, mais une chose était sûre, les bananesétaient fraîches à l'intérieur de la boîte. Les ingénieurs électriciens ont entendu parler de la théorie de la fréquence fluorescente, mais ils sont parvenus à un consensus sur le fait que c'était plus probablement dû aux harmoniques produites par les alimentations à découpageà grande vitesse qui alimentaient lesentraînements de fréquence v ariable pour les moteurs de broche sur les machines-outils. Ils comprenaient bien les harmoniques de 3ème et 5ème fréquence qui entraient dans le réseau électrique, mais les perturbations harmoniques de 7ème et 9ème fréquence étaient moins comprises. Ils ont rapporté au directeur qu'une étude plus approfondie était certainement justifiée et que le directeur avait été très astucieux pour établir la véracité du problème. Les secrétaires étaient toutes trèsinquiètes.

Il a été dit que le département des sciences de la vie du Kennedy Space Center avait été contacté, et ils craignaient que si quelque chose nuisait aux bananes, il y avait une possibilité que cela puisse affecter les humains, quel qu'il soit. La banane peut très biens'apparenter au canari dans les mines de charbon. Le directeur de Rocketdyne avait reçu l'assurance d'un directeur de KSC qu'ils coopéreraient de toutes les manières possibles. « Nous devons aller au fond de cette affaire de bananes », a-t-on entendu dire.

Pendantce temps, Chuck devenait une célébrité. Il était convoqué à des réunions pour lui demander conseil sur divers sujets. Il n'était pas rare d'entendre quelqu'un se pencher vers son collègue et murmurer: « Neistroy est l'ingénieur qui a formulé une contre-mesure pour lephénomène b anana ». Beaucoup d'autres avaient remarqué que leurs bananes avaient également été mystérieusement touchées par l'environnement de bureau. Il était largement supposé que Chuck serait retiré de la maintenance dans un département d'ingénierie de développement où ses talents évidents pourraient être mieux utilisés. L'ingénieur autrefois doux qui marchait s'est effondré et a évité l'œil de quiconque était maintenant confiant et sûr de lui. Il a appelé les directeurs et les vice-présidents par leurs prénoms et leur a demandé comment étaient leurs femmes et leurs enfants quand illes a mis dans les allées.

Tout cela était devenu trop pour Brunsky. Il a confié un jour à Sandy qu'il ne pouvait pas comprendre comment tout s'était si mal passé. Sandy a répondu: « Il y a peut-être quelque chose à cela, vous savez. Peut-être sommes-nous tombés sur quelque chose ici. Il y a des scientifiques et des ingénieurs de haut niveau qui travaillent sur ce problème de la banane. Qui sommes-nous pour dire que quelque chose ne se passe pas? » Sandy frotta les sourcils et regarda attentivement dans les yeuxde Brunsky. De quoi diable parlez-vous? Est-ce que tout le monde est devenu fou? Vous savezmaintenant sacrément bien ce qui s'est passé. Quel genre de merde essayez-vous de me nourrir? Je vais devenir fou, je jure devant Dieu. » Il a fait irruption hors du bureau de Sandy dans un accès de rage.

Le lendemain, il a décidé. Je vais tout dire à Chuck. Je vais lui dire quec'était juste une blague. Cela a assez duré. Il se dirigea vers le bureau de Chuck. Chuck leva les yeux avec confiance vers lui. « Chuck », a commencé Brunsky, « J'ai quelque chose à vous dire. C'était une blague. C'était juste une blague.

« Qu'est-ce que c'était? » Chuck répondit, regardant en arrière avec de grands yeux confiants. Brunsky le regarda, hésita et dit: « J'allais mettre de la gelée sur ton bureau pour que tu la mettes sur tes mains. Vous me connaissez, toujours avec les blagues pratiques. » Brunsky savait qu'il ne serait jamais capable de dire à Chuck le truth maintenant.

« Tu es un tel enfant. Hé, vous voulez aller déjeuner au nouvel endroit mexicain aujourd'hui? Ma gâterie. « Bien sûr », répondit Brunsky, « Je te verrai plus tard. »

Alors qu'il passait morosement près de la cabine de Sandy , il regarda à l'intérieur pour voir Sandy le regarder en arrière avec un étrange grin sur son visage. Ce foutu Sandy, de quoi sourit-il? Brunsky était assis à son bureau. Il a commencé à tout courir dans son esprit une fois de plus. Le plan; c'était parfait. L'exécution : c'était parfait. Où tout cela avait-il mal tourné? Les choses s'étaient bien passées pour Chuck, et il en était heureux, mais que s'était-il passé ? Ensuite, il y a cette foutue Sandy. Soudain, comme si un éclair s'était déclenché dans sa tête, tout était clair. Cela avait été la plus grande blague pratique de tous les temps. J'ai trompé Chuck, mais lechapeau n'était rien. J'ai trompé ces pré-Madonna sur une rangée d'acajou avec leurs grands bureaux, leurs salaires scandaleux et leurs jolies secrétaires. J'en ai eu un sur ces ingénieurs de la NASA qui pensent qu'ils sont si intelligents. J'en ai réussi un sur l'ensemble de la mauditedyne Rocket. Je suis le roi du foutu monde, pensa-t-il. Toute ma vie a mené jusqu'à ce point, pensa-t-il; Je suis au sommet de ma carrière. Il pensait tristement qu'il ne serait jamais en mesure de dépasser ce moment. Puis il repensa à Sandy. De quoi parlait-il?

Il retourna à la cabine encombrée de Sandy pour voir Sandy se gratter les pieds sur le tapis usé alors qu'il picorait l'ordinateur. Sandy leva les yeux; vit la lueur sur le visage de Brunsky et la lumière dans ses yeux. Il savait que Brunsky avait finalement caught sur. Il leva les yeux vers lui avec un sourire qui s'étendait d'une oreille à l'autre. « Tu as surchargé la mouffette de basse vie », marmonnaBrunsky.

Venant de Brunsky, c'était probablement le plus beau compliment que quelqu'un ait jamais fait à Sandy. Son sourire s'étira encore plus largement, sonvisage commença à lui faire mal. Brunsky avait également éclaté dans un sourire grotesque. Pendant quelques instants intemporels, les deux grimacèrent l'un sur l'autre comme un couple de singes en état d'ébriété. Et puis c'est arrivé. Il a commencé au plus profond de leurs tripes et a lentementprogressé dans leur poitrine comme un volcan prêt à entrer en éruption. Simultanément, les deux ont explosé en un rire de ventre plein de force qui a surpris les autres dans le bureau. Ils ont ri si fort que les larmes ont coulé sur leurs visages et ils ont doublé. Quand lesy essayaient de retrouver leur sang-froid, l'un regardait l'autre, et ils recommençaient à zéro. Le reste des résidents du bureau se sont dirigés vers l'endroit où les deux étaient dans une hystérie incontrôlable et ont commencé à rire aussi. Leur rire était si contagieux que les gens de l'autre côté du bureau riaient, mais ils n'avaient aucune idée de quoi.

Finalement, quand Sandy et Brunsky ne pouvaient plus rire physiquement , ils ont pris des mouchoirs, se sont essuyé les yeux et se sont soufflé le nez. Sandy farted triumphantly. Il leva les yeux vers Brunsky, baissa la tête et demanda: « Koppee? »

Chuck avait été témoin de l'explosion. Il a également exprimé son amusement. Il ne se souciait pas de ce dont ils riaient, il était heureux de voir ses amis passer un bon moment. Il tendit la main, ouvrit la boîte de bananes, sortit une banane parfaite, la pela en trois bandes uniformes et prit une bouchée. Oui, pensa-t-il, les bananes avaient même meilleur goût après avoir été dans la boîte de bananes.

www.ingramcontent.com/pod-product-compliance
Lightning Source LLC
LaVergne TN
LVHW012059160826
845678LV00014B/2886

* 9 7 9 8 8 4 2 7 8 1 4 7 8 *